选堂诗墨评注

饶宗颐 著

陈韩曦 翁艾 注译

南方出版传媒
花城出版社
中国·广州

南征集

图书在版编目（CIP）数据

南征集 / 饶宗颐著；陈韩曦，翁艾注译. —— 广州：花城出版社，2017.11
（选堂诗词评注）
ISBN 978-7-5360-8330-1

Ⅰ. ①南… Ⅱ. ①饶… ②陈… ③翁… Ⅲ. ①诗集－中国－当代 Ⅳ. ①I227

中国版本图书馆CIP数据核字(2017)第217251号

出 版 人：詹秀敏
策划编辑：詹秀敏
责任编辑：杜小烨
技术编辑：凌春梅
装帧设计：王　越
图片来源：饶清芬　陈韩曦　香港大学饶宗颐学术馆
图片编辑：曾雅丽

书　　名	南征集
	NAN ZHENG JI
出版发行	花城出版社
	（广州市环市东路水荫路11号）
经　　销	全国新华书店
印　　刷	佛山市浩文彩色印刷有限公司
	（广东省佛山市南海区狮山科技工业园A区）
开　　本	787毫米×1092毫米　16开
印　　张	10　6插页
字　　数	180,000字
版　　次	2017年11月第1版　2017年11月第1次印刷
定　　价	42.00元

如发现印装质量问题，请直接与印刷厂联系调换。
购书热线：020 - 37604658　37602954
花城出版社网站：http://www.fcph.com.cn

20世纪50年代,饶宗颐与张大千在香港合影

2007年6月,饶宗颐与黄苗子在香港(从左至右:李焯芬、黄祖民、黄苗子、饶宗颐)

2008年10月,饶宗颐与季羡林于北京

2017年10月,饶宗颐与本书注译者陈韩曦一同审阅《南征集》

1983年饶宗颐作《大峡谷图》。 题识： 癸亥秋有大峡谷之游，归来戏写所见，未张尽天胜也。选堂记。 十年前旧作，苗子吾兄一笑。选堂，辛巳又题

平安,百岁选堂

中国印山,百岁选堂

目　录

和韩昌黎南山诗
大千居士六十寿诗　用昌黎南山韵/3

南征集
秋兴和杜韵/15
九日黄昏登高　次小杜韵/23
杂诗/24
寄港中琴友/27
自麻坡至武吉甘蜜/28
金马仑高原二首/29
怡保道中/31
太平湖/32
槟城叙旧/33
升旗山与遥天同登/34
樟宜杨氏远籁别业旧为苏丹行宫/36
羁禽/37
种花二首/38
闲云/40
胡姬花下作/41
借园田居和陶五首/42
花舨山上，酒次天中录示尹昌衡句即和/48

Davis Hawks 辞牛津大学中文教授，专志译红楼梦，媵之以诗/50

对月三首和杜/51

花舲山中秋/54

题马守真兰卷，骤括容甫句为诗/55

花时/57

忼烈书来云，余近诗颇具一格，兆杰复译余句以证沧浪之说，书此谢之/58

连夕寒雨，溪涨数尺，满地黄流，和义山三首/60

峇厘岛杂咏
Klung Kung 道中/63

Kusamba 蝙蝠洞/65

Besakih 庙/66

Bangli 树钟/68

Batur 山远望/69

象洞/70

Tenganan 古村落/72

Tirta Umpul 陵寝/74

斗鸡/76

观舞/78

Toba 湖绝句/80

选堂诗词补遗
周南先生远寄新诗，兼云在三亚日日海泳，健康大进，赋此报之/95

纽西兰南岛杂诗

美福峡（Milford Sound）三首/97

疑惑峡（Doubt Sound）/100

题坎德伯利平原/101

Te－kapo 湖/102

基督城 Avon 河/103

Hagley 公园/104

女皇镇/105

Mt. Cook 道中/106

Kawaran 河沿途早期华人淘金遗址/107

雄心峰（Mount Aspiring）为南岛最高处，送夕阳至昧谷西尽头（Catches the last of the Sun），夸父追日犹未及此也。即为作图更题句/108

又作/109

皇后城白杨（Aspen）宾馆信宿将去，悄然成咏/110

白杨宾馆写所见景物率题/112

赠赵大钝兼题其诗集/113

客中挽赵子昂/115

钱塘江观潮/116

金陵流连，饱览宝物，最后得见《勘书图》，二苏兄弟、王晋卿题跋皆在焉，喜赋/117

深圳关山月美术馆题壁/118

四季花　题画和查梅壑/119

题巨幅墨荷/120

《澄心画展》自题二首/121

一九九九年八月廿二日（农历七月十二日）自郑州返港，遭飓风停泊长沙，滞留黄花机场二日，口占四首/122

题张大千书札卷/125

赠茅家琦教授/127

访宝镜湾岩画/128

敦煌学百年盛会/129
重到鸣沙山/130
三清宫展读书鸿先生遗作/131
龙藏寺碑/132
李思训碑/133
自题濠镜画展三首/134
题雪中嵩岳/136
题东岳图/137
挽季羡林先生　用杜甫长沙送李十一（衔）韵/138
谢为山兄塑像　用杜诗第一首韵/140
步杜诗韵谢吴为山为铸铜像/142
赠苗子尊兄句/143

附录

《南山》诗与马鸣《佛所行赞》/147
宋代潮州之韩学/151

和韩昌黎南山诗

　　昌黎以赋为诗，《南山》尤推奇作。洪兴祖比之《子虚》《上林》。王平甫以为胜于杜之《北征》。惟蒋之翘讥其连用"或"字五十余，不免蔓冗，恐为赋若文者亦无此法。是说也，方世举曾斥其妄，谓用"或"字乃本诸《小雅·北山》。西儒 Von Zach 译韩诗全部为德文，于诸"或"字译为 Oder, 及 Bald……bald 两式。复在"烂漫堆众皱"句下注云：

　　Die folgenden Verse sind wegen ihres fünfzigmal wiederholten huo（或）inder chinesinchen Literatur Lerühmt geworden; Wen-hsüan 17/5 dürfte hier als Vorbild gedient haben.

则疑其出于陆机《文赋》，说近是矣，然犹未得其要领也。余读北凉昙无谶译《马鸣菩萨之佛所行赞》（Buddhacarita），其《破魔品第十三》有云：

师子龙象首，及余禽兽类，或一身多头，或面各一目，
或复众多眼，或大腹长身，或羸瘦无腹，或长脚大膝，
或大脚肥𦙛，或长牙利爪，或无头目面，或两足多身，
或大面傍面，或作灰土色，或似明星光，或身放烟火，
或象耳负山，或披发裸身，或被服皮革，面色半赤白，
或著虎皮衣，或复著蛇皮，或腰带大铃，或萦发螺髻，
或散发披身，或吸人精气，或夺人生命，或超掷大呼，
或奔走相逐，迭自相打害，或空中旋转，或飞腾树间，
或呼叫吼唤，或恶声震天地，如是诸恶类，围绕菩提树，
或欲擘裂身，或复欲吞啖。（《大正·四·本缘部下》，页廿五。）

凡用"或"三十二字，始恍然于昌黎乃脱胎于此。昌黎辟佛，于释迦之行迹必所留意，此赞译自北凉为一五言长篇，昌黎当曾寓目，无意中受其影响，取其法以撰《南山诗》，遂开诗界旷古未有之新面目。以辟佛之人，而取资于佛，亦云异矣！陈寅恪《论韩愈》，曾谓退之以文为诗，颇受释氏"长行"之改诗为文，与"偈颂"之以文为诗之暗示，于兹惟未见及。故余此说可谓发前古之秘，凿破混沌，亦一快也。

顷为诸生说唐诗，涉论及此，略为诊发，以就正通人。记戊戌之岁，曾以半日之力，步《南山诗》全韵，为张大千六十颂寿，伍叔傥见之，语余曰：此真咄咄逼人。是诗王文卓君曾加注语，刊入其所著《画诠》中，流布未广。曾邮示李棪斋伦敦，棪斋谬加称许，《和阮嗣宗诗》见答，复因《南山诗》用韵，推论《广韵》所注独用同用之由来，说甚可取，今并录之，以附于篇。《南山诗》和韵者极少，惟清朱珪《知足斋集》中有一首，余诗不敢与朱比伦，但不复步昌黎铺张排夐之旧辙，别以严谨结构出之。诗道多方，各有所长，未可得一察焉以自好。值诸生征稿，故忘其固陋，复刊布之，聊自省览云。

壬寅仲冬宗颐识

大千居士六十寿诗　用昌黎南山韵

河岳公炳灵，万象归笼圉。
夫唯无所作，作必入无究。
海涵而地负，得曰非天授。①
初从李曾问②，赏奇爱屋漏。
学书犹学剑，公孙③昔曾觏。
腕下走龙蛇④，一一竞奔凑。
如锥之画沙⑤，譬针之度绣⑥。
斯冰⑦为斧刃，力已纸背透。
观物契渊微，方春草木茂。
出笔混沌开⑧，晴云露高岫。
披图幻神髓，大涤画新就。
法尽理自生，探骊珠⑨在嚼。
畸人⑩天眼别，造化⑪蕴神秀。
沉酣积岁年，烧灰⑫入醇酎。
咫尺论万里，山川供卷覆。⑬
北苑真烂漫，唐后无此构。⑭
人物骨气遒，劲豪⑮见肥瘦。
鬼諏⑯且神格，达幽而穷宙。
何必莼菜条⑰，自足与雕镂。
亦同竖亥步⑱，东西极广袤。
洗象⑲峨眉颠，登降变气候，
夔门山蔽日，呙巁莫间箈⑳。
悲风明月峡，啼猿彻青戊㉑。
远涉两河口㉒，下临无底窦。
绹幽索为桥㉓，飞泉石可漱㉔。
御风渡云海，脚下阴霭糅。
威迟大吉岭㉕，积雪辉晴昼。

结庐无人境，万古冰流㉖沤。
阆风㉗何足论，攀陟惟猿㹿。
河阳取平远㉘，到此宜惊仆。
大痴写虞山㉙，归应自憎陋㉚。
古今几胜流，登览如公富。
画本恣冥搜，西驰仍北走。
物岂淫其性，天下尽在宥㉛。
贾勇莫高窟㉜，三载愿终售。
天若闷神物㉝，固护蓄精祐。
遥源得濬波㉞，休虞来者诟。
惟公履其危㉟，璎珞出幽㲚。
惟公振其秘㊱，慧日发恂愁。
惟公启其方，一洗传模旧。
彦远曩未收，喜见今日又。
诸天神变㊲在，秾缛焕灵兽㊳。
方赏崖谷清㊴，莫讶阴阳寇㊵。
陶此方寸虑，共资一慈救㊶。
乃知象教㊷力，大庇犹哺𪘂。
微公与瞻摩，此道畴宣奏。
经变称楞伽㊸，岁月久迁贸。
谓有吴生体，千载罔邂逅。
今睹公所模，嗟叹劳颈脰。
纷纶荡精魄，昭旷发蒙瞀㊹。
惟公极汪洋，巨壑收众溜。
千汇兼万状㊺，观者骇且复。
画史何纷纷，谁得出公右。
萍浮亘南北㊻，来往衣冠胄。
信美有湖山，入座皆兰臭。
收藏可敌国㊼，服食无赢副㊽。
或云猿托生，狎之如䴗鼬㊾。

4

时惟掀美髯，何曾眉头皱。
风尘忽澒洞，起陆龙蛇斗。
居如骇浪船。人作惊弓雊。
水国傍鼋鼍(50)，奔车何辐辏。
行吟天地远，蹉跎岁月骤。
公复尽室南(51)，吉者天所佑。
绘事不间作，点石如注灸(52)。
或为湖州竹，叶藏(53)枝似籀。
或为洞庭浪(54)，酾波(55)沛回逗。
偶写山水格(56)，聊助东皋(57)耨。
由来鸡林重，一纸万人购。
料简(58)尤精绝，识者咸逗謣(59)。
落落大风堂，不胫遍老幼。
心与古为徒，造次无刺谬。
意但撷英华，事岂同饤饾。
宝物旷代有，仍岁出荒柩。
得公揄扬之，宗庙荐登豆。
非牛又非麟，画壁相异兽(60)。
道人所未道，喻说譬灵鹫。
持较苦瓜翁，未知孰先后。
公于敦煌日，绝景欣宿留。
凿塘移藕根，惜哉不遂媾。
今看盈丈荷(61)，翩翻若舞袖。
前尘恍如梦，何年得西狩。
遭道夫昆仑，登丘而北首(62)。
隔海望神山，佳气出馈馏。
利涉贞有孚，勿幕占井收(63)。
化俗贵奇艺，毋劳假弓彀(64)。
追琢金玉相(65)，朴樕须薪槱。
又闻枣如瓜，辨吉不待繇(66)。

况公所居处，其民皆夷姤⑰。
相忘乎道术⑱，嘉会千秋遘。
丹青悬白日，辞藻比列宿。
东京盛鸿都⑲，文驷充华廐。
观公画室中，插架森琼琇。
星榆已种天，玉芝更产溜。
祝公无穷寿，海国欢狂狃。
如山之不骞，得气之常懋。
日月与齐光，天地等营朕。
遥进一尊酒，介福且劝侑。
他乡久不归，忧心恒孔疚。
羑愁⑳难得熟，嘉瑞尚可呪㉑。
大荒逆旅中，行处即赁僦。
有山桃含笑，有梅蕊攀嗅。
他日俟河清，还歌以献酭。

①"河岳"六句：庄子《齐物论》："夫唯无作，作则万窍怒号。"海涵地负，韩文公语。
②李曾问：谓师学书法于李瑞清、曾浓髯二先生。
③公孙：唐·公孙大娘舞剑器，张旭、吴道子皆见而悟笔法。
④龙蛇：张正言《赠怀素》："奔蛇走虺势入座。"
⑤锥之画沙：姜白石《续书谱》："锥画沙者，欲其匀而藏锋。"
⑥针之度绣：元好问《论诗》："鸳鸯绣出从教看，莫把金针度与人。"
⑦斯冰：秦·李斯、唐·李阳冰著作篆书。以上十句言书法。
⑧混沌开：清湘《春江图》句"出笔混沌开。"又："开图幻神髓。"又："理尽法无尽，法尽理生矣。"
⑨骊珠：探骊得珠，出庄子《列御寇》。上八句言法清湘。
⑩畸人：庄子《大宗师》："子贡曰：敢问畸人？曰：畸人者，畸于人而侔于天。"释文："畸人，奇异也。"
⑪造化：杜工部《望岳》句"造化钟神秀。"
⑫烧灰：姚月华读杨达书数十遍，烧灰入醇酎，谓之"欬中散"，见《嫏环

记》。

⑬ "咫尺"句：杜工部诗"咫尺应须论万里。"供卷覆谓造化在手也。

⑭ "北苑"二句：米元章论董元画天真烂漫，平淡多奇，唐无此品，在毕宏上。此谓写董、巨山水。

⑮ 劲豪：《历代名画记》："吴道元者，天付劲豪。"

⑯ 鬼谲：班固《幽通赋》："胥仍物而鬼谲兮，乃穷宙而达幽。"

⑰ 莼菜条：吴道子写人物，用笔若莼菜条。

⑱ 竖亥步：《山海经》："竖亥步自东极至西极。"犹言东西漫游。

⑲ 洗象：峨眉山洗象池，巨瀑悬天，景致幽胜。谢灵运句"昏旦变气候。"

⑳ 夔门：即瞿塘峡。师句"莫言蜀道山遮日，亲见瞿塘水返波。"簉，副也，谓险处独绝，无可副贰。

㉑ 青戊：指地。《周髀算经》记"王城上天名青丙，下地名青戊。"以上六句言蜀景。

㉒ 两河口：师丁亥岁游西康，经雅州，渡泸定，止于打箭炉，记西康景物云，"虽无危峦奇峰之胜，然丛山万重，急湍奔逝，亦复雄伟深远，有拍塞天地之概。"印刊《西康游屐》，计山水八，番女跳锅庄舞一，金刚寺番僧一。其两河口瀑布，系诗云："老雨不离山，痴云常恋岫。对面语不闻，龙蛇酣方阙。"《题日地》云："岩岩日地山，岁崒无寸土，特立而豪峙，由来绝依附。日地岩岩千仞，不阶寸土，西来第一奇也。"

㉓ 索为桥：西康多索桥。师有诗云："铁索高千尺，虚舟渺一叶，天风冲白波，愕咍不敢涉。"

㉔ 石可漱：《世说新语》："枕流漱石。"西康五色瀑布，师诗云："马头耀旭日，鞭影乱霞彩，天孙云锦衣，绚然绝壁挂。"又："银河忽如瓠子决，泻向人间沃春热，跳珠委佩未足拟，碾破月轮成琼屑。老夫足迹半天下，北游溟渤西西夏。南北东西无此奇，目悸心惊敢模写。四山雷动蛟龙吼，万里西行一引手。山神梦泣海翻澜，十六巨鳌载山走。自瓦寺沟至康定六十余里，行山谷中，溪流湍急，银涛掀腾，不数海门潮也。"

㉕ 大吉岭：师庚寅居大吉岭，题记云：雪山在其东南，皑皑照人眉宇，傥登虎峰，所称世界之第一高山希马拉耶之挨弗勒斯峰，可以平揖，真伟观也。

㉖ 冰流：言登瑞士阿尔卑斯山上雪洞。沤，久渍也。

㉗ 阆风：即昆仑也。《离骚》："登阆风而绁马。"

㉘ 河阳取平远：东坡《题郭河阳秋山平远》句"离离短幅开平远，漠漠疏林寄秋晚。"山谷次韵："玉堂卧对郭熙画，发兴已在青林间，郭熙官画但荒

远，短纸曲折开秋晚。"

㉙大痴写虞山：宋·牧仲《论画绝句》："南宗老笔一峰孤，貌得虞山气韵殊，屏幛迩来模仿遍，何曾梦见富春图？"大痴老人《富春山居图卷》，邹臣虎比之右军兰亭，谓圣而神矣。恽南田则谓："画法全宗董源，间以高米，凡数十峰一状，数百树一态，雄秀苍茫，极变化之致。"张浦山《图画精意识》："董文敏语王奉常云：子久画冠元四家，而生平最合作莫如《富春山图》，其神韵超逸，体备众法，而脱化浑融，不落畦径，诚为艺林飞仙，迥出尘埃之外者也。为按图考之，其峰峦则有似营丘者，有似贯道者，林木则有似黄鹤者，有似云林者，所谓体备众法也。其皴擦之长披大抹，似疏而实，似漫而紧，得北苑法外之神，所谓脱化浑融也。其位置之平淡浅近，若人人能之而实无能之者，所谓不落畦径也。其水晕墨彩，不设色而使墨自具五彩者，所谓神韵超轶也。文敏诚善言者矣。盖大痴晚年遣兴率意为之，以较平生矜心之作，自得其天真烂漫耳。"

㉚憎陋：杨修《与临淄侯书》："见西施而归憎其貌。"

㉛在宥：庄子有《在宥篇》。谢灵运句"在宥天下理。"

㉜莫高窟：敦煌莫高窟，有壁画自北魏至宋西夏凡三百有九窟。师辛巳岁至敦煌，留三载。

㉝閟神物：敦煌壁画宋后无闻，近始发现，精光不损。

㉞濬波：《文选·王巾头陀寺碑》："遥源濬波，酌而不竭。"

㉟履其危：敦煌窟依山而凿，年久洞口或崩坍，其一下临十数丈，仅侧身能过，无可扶持，师冒险探视，战栗几不自胜。是洞有出水装大士象，盖他洞所无者。敦煌画多吴带当风，此则曹衣出水。

㊱振、秘、启、方：师临模壁画，曾展览于成都、上海、香港、巴黎、东京各地，有《临模敦煌画集》行世。又壁画年久残缺变色，则追思其原状以复旧观。

㊲神变：敦煌画多经变图。安西榆林窟第廿五窟有师题壁云："辛巳十月二十四日午后忽降大雪，时正临写净土变也。"

㊳灵兽：《南山诗》："凝湛闷阴兽。"注：《礼运》"龙以为兽，谓湫中蛟。"

㊴崖谷清：《头陀寺碑》："风泉相涣，崖谷共清。"

㊵阴阳寇：《庄子》："寇莫大于阴阳。"

㊶一慈救：慧琳《白黑论》又名《均善论》："陶方寸之虑，宇宙不足盈其明；设一慈之救，群生不足胜其化。"

㊷象教：即佛教。《头陀寺碑》："正法既没，象教陵夷。"又："大庇交丧。"

杜工部《同诸公登慈恩寺塔》："方知象教力，足可追冥搜。"

㊸楞伽：《历代名画记》："庐楞伽，吴弟子也，画迹似吴。经变佛事，是其所长。"

㊹蒙瞀：《礼记》："昭然若发朦。"《文选·应璩与从弟君苗君胄书》："旷若发朦。"

㊺千汇兼万状：种类纷繁，形态多样。

㊻萍浮亘南北：《后汉书·郑玄传·戒子书》："萍浮南北，复归邦乡。"

㊼敌国：冯若飞赠师句"贫无立锥，富可敌国。"

㊽羸副：《新唐书·阳城传》："服用无羸副。"

㊾龉龃：言喜蓄猿也。

㊿鼋鼍：杜工部诗"潇国水国傍鼋鼍。"

(51)尽室南：师庚寅居印度，翌年居香港，壬辰举家迁南美阿根廷，癸巳又移居巴西摩诘城，赋词云："问东君，谁做主？不道花落花开都由汝。才说欲晴还又雨。总是叫人、日日无情绪。渐行舟，移别浦。一任并刀、不断愁千缕。忍泪无言挥手去。水远山长，没个安排处。"（《苏幕遮》。别曼多洒经由阿京航海去三巴作。）溥心畬先生赠诗云："扁舟一叶向三巴，依旧萧然白袷斜，片月孤云随意住，故人何必恨天涯。"曾履川先生和诗云："投荒依旧住三巴，摩诘城高落照斜，证取南宗初祖印，画禅诗教被无涯。"又云："大艑洪涛缓缓开，浮槎瀛表亦艰哉！劝君忍泪曼多洒，妨有家山入梦来。"

(52)注炙：《南山诗》："或乱若抽笋，或嵲若注炙。"

(53)叶藏：倪云林诗"叶藏戈法枝如籀。"

(54)洞庭浪：师写九歌图用白描法，人物高逾尺。师又常写细浪涟漪，如洞庭风细也。

(55)酾波：李君房赋"酾浊波而回逗。"

(56)山水格：梁元帝有松石山水格。

(57)东皋：《文选·潘岳·秋兴赋》："耕东皋之沃壤。"善注："水田曰皋。东者取其春意。"以上八句言至南美后之绘事。

(58)料简：蔡邕《太尉杨公碑》："沙汰虚冗，料简贞实。"

(59)讵谑：不能言也。《南山诗》："后钝嗔讵谑。"

(60)相异兽：师题记："尝见赵文敏《与鲜于伯几书》云：在都下见谢雉画牛，非牛非麟，古不可言。此敦煌二百五十窟北魏人壁画，庶几近之。"

(61)盈丈荷：师作朱荷通景六幅，金碧辉煌，每花重开十数朵，盖异种也。题云:"绿腰红颊锁黄蛾,凝想菱花滟滟波,自种沙洲门外水,可怜肠断采莲花歌。莫高窟去敦煌东南四十里,白杨夹路,流水绕门,予深爱之。今春重来,自兰州携根移种于此,待熏风乍发,摇蒲葵扇,行岸曲间,风裳翠盖,自谓有江南未夏之胜矣。惜乎不植,怅望清波,轻涟无语,沧浪濯足,情见乎辞。辛巳秋日写于莫高窟之上寺。"

㉒遵道夫昆仑,登丘而北首:《离骚》:"遵吾道乎昆仑。"《文选·孔融论盛孝章书》:"北首燕路。"

㉓井收:《易·井卦》:"上六井收勿幕,有孚元吉。"象曰:"元吉在上,大成也。"疏:"井功已成,不自掩覆,与众共之,则为物所归,信能致其大功而获元吉。"

㉔弓彀:兵器也。《列子·汤问》:"彀弓而兽伏鸟下。"

㉕金玉相:《诗·大雅》:"追琢其章,金玉其相。"又:"芃芃棫朴,薪之槱之。"指化育后学。

㉖繇:音胄,卦兆之占辞。《左传·闵公二年》:"成风闻成季之繇。"注:"繇,抽也,抽出吉凶也。"

㉗夷姞:平和也。《管子·地员》:"其人夷姞。"

㉘相忘乎道术:《庄子》:"鱼相忘乎江湖,人相忘乎道术。"

㉙东京盛鸿都:东汉灵帝置鸿都门学,盛极一时。

㉚煮愁:庚子《山愁赋》:"何物煮愁能得熟。"

㉛瑞吪:吪同祝。《周礼·大祝》掌六祝之辞,五曰瑞祝。

浅解:

  饶公年轻时就与张大千先生相识,大千先生曾说:"饶氏白描,当世可称独步"。此诗为1958年张大千先生六十大寿所作,《南山诗》共102个韵,饶公用昌黎南山韵,是清代以来,敢和《南山诗》的唯一今人之作。钱仲联先生赞此作"使人洞精骇瞩",能见"选堂之大"。当时大千先生读罢,甚为欣喜,大加称颂,并赠送《蜀江图长卷》给饶公,请饶公于卷上题下此诗。此诗涵盖内容极为丰富,从书法谈起,在阐述取法清湘老人(原济)画风、蜀中景物、敦煌石窟之绝、南美后之绘事谈及张大千画风以及自己身心经历。诗中对张大千先生六十大寿送出了祝福,同时又反映了自己艰辛的羁旅生活难以驱散的苦闷,然而,寄身他乡,再苦再累还有山桃相伴、梅花绕人。有了这些乐趣,他日黄河之水变清,还真要高歌报答酬谢,体现了饶公坦然面对困难的豁达之胸襟。

简译：山川河流焕发灵气，一切事物蕴含其中。君子要么无所作为，一作便要深入探究。负载万物容纳百川，所获得的非天所授。学书法于李曾二家，尤赏雨水漏痕之势。学习书法如同剑术，公孙大娘舞剑可见。手腕之下奔蛇走虺，一笔一画会合成势。锥子划沙书迹圆浑，金针度绣细腻生动。李斯李阳冰作篆书，用力已经透过纸背。观察事物深沉精微，临近春季草木茂盛。出笔宛如混沌初开，云淡天晴高山突显。展阅图画精粹不凡，源于大涤（译者注：原济，本姓朱，名若极，小字阿长，广西人，明宗室。出家后法号原济，字石涛，别号大涤子，康熙时以画名播四海）推陈出新。法度严谨层次自高，笔尖之处探骊得珠。异于常人大开眼界，自然聚集天地灵气。醉心其事积年累月，烧灰入杯浑不知觉。咫尺之处畅想万里，胜过现实高山川流。董元之画天真烂漫，唐后无人这样构图。人物透出遒劲骨气，天付劲豪肥瘦适宜。鬼斧神工似非人工，通晓幽玄到达精微。何必用笔若蒟蒻条，自觉满意自然雕镂。如同东西漫游一般，画境极其开阔广袤。峨眉山巅洗象池上，白天黑夜气候多变。瞿塘峡高遮蔽天日，旁无高山堪作副贰。明月峡边寒风四起，猿猴嘶啼响彻四周。远游两河口之瀑布，亲身观临无底之洞。缘绳下坠西康索桥，泉流洗漱河底之石。乘着风儿畅游云海，阴霾聚集于脚底下。大吉山岭曲折绵延，积雪晴日交相辉映。建筑房舍于无人处，万古雪洞长久浸渍。昆仑山景不足谈论，惟猿猴乃敢于攀陟。郭河阳短幅开平远，莅临此地亦会惊倒。大痴老人画作虞山，回到家必憎其画丑。从古自今多少名流，攀登观赏如获至宝。恣意寻求写生之处，走过西边又往北走。万物岂会本性放纵，天下皆是宽容对待。莫高窟中勇气倍增，愿花三年于此钻研。上天庇护古老壁画，久不现世精光不损。源头获得不竭深流，不要忧虑来者诟病。惟公敢于冒险探视，幽深之处获得璎珞。惟公能够深入探究，愚昧之中智慧普照。惟公将其传播四方，一洗传统保守画风。张彦远未将之囊收，欣喜如今重见天日。敦煌画作多经变图，精细缜密灵物闪现。赏心悦目崖谷共清，莫惊寇敌没阴阳大。释伽陶方寸之忧虑，共同设置一慈之救。才知佛教教化力度，大加庇佑犹哺雏子。微己无私令人瞻仰，此种道义值得宣传。经变佛事楞伽所长，历史久远几经变迁。感叹吴道子之画风，千年之中难以重现。今天目睹张公临摹，令我翘首感叹无比。气势宏博精魄浩荡，开阔明朗令人开窍。惟公画作意境宽广，如同众流汇成巨壑。浑涵汪茫千汇万状，观赏之人感慨万分。历代画史论述纷纷，谁皆无法与公相比。犹如萍浮漂泊南北，交往善于作画之人。（译者注：唐代张彦远在《历代名画记》曾说："自古善画者，莫非衣冠贵胄，逸士高人，非间阎之所能为也。"）。美丽迷人江海湖山，列座皆是情投意合。收藏之丰富可敌国，衣服食物却没多余。或说这是猿猴托生，亲近如同鼯鼬一般。时常梳理飘逸胡须，何曾看到眉头紧皱。风尘忽起绵延不绝，腾跃而上龙蛇相杂。如同居于风浪船头。人像是惊弓之野鸡。水边之城依傍鼋鼍，如同车辐集中车毂。天南地北边走边唱，蹉跎岁月骤然而逝。阔别家乡几经迁离，吉人自有上天庇佑。从不间歇创作画本，点石如同艾炷之法。有时画作湖州之竹，叶藏戈法枝如籀文。有时画作洞庭细浪，波流湍急水势迂回。有时画作山水风格，描绘东边水田农事。作品哲理深厚重，佳品万人争相购买。简单质朴精美绝伦，赏识之人难以言表。高超的大风堂（译者注：张大千昆仲画室名）之作，不胫而走老幼皆知。心甘情愿与古为徒，轻率自然毫无违和。其意在于撷取美好，岂同多杂之物相提。如此宝物流芳百世，历经多年经久不变。获得张公大力宣扬，庄重如若宗庙祭器。谢雉画牛非牛非麟，画笔之下如同异兽。敢于道人之所未道，喻说譬如灵山圣地。持较《苦瓜和尚画语录》（译者注：清·石涛撰），未知说法谁先谁后。张公在敦煌的日子，绝美景物吸引留驻。开凿池塘迁移藕根，惋惜不能追随公后。今看塘中盈丈荷花，翩翩飘飞若舞中袖。前尘往事恍如梦境，何年狩猎获得麒麟。（译者注：相传鲁哀公十四年在大野狩猎获麒麟。孔子作《春秋》，至此而绝笔。）转变方向跨越昆仑，登上高山回顾北方。隔着海岸遥望神山，蒸腾之气从中而出。诚信致功而获元吉，井功已成不自掩覆。祛除俗态贵在奇艺，不用假借任何器械。追琢外华内秀之态，山木茂盛贤人众多。（译者注：《诗·大雅·棫朴》："芃芃棫朴，薪之槱之。"毛传："槱，积也。山木茂盛，万民得而薪之；贤人众多，国家得用蕃兴。"后以"薪槱"喻贤良的人材或选拔贤良的人材。）又闻枣瓜欣美之物，分辨吉凶不待占卜。何况张公所居之处，黎民百姓安乐平和。人有本事忘乎所以，欢乐聚会千年一遇。画卷之中白日高悬，赞辞如同天空繁星。东京鸿都门学兴盛，华美之马充盈棚屋。观赏张公画室摆设，架上藏物珍贵如玉。繁星点点遍布苍穹，地上玉芝（译者注：玉芝代指贤才）更加丰富。祝愿张公万寿无疆，海外国内共同欢庆。如山之寿不骞不崩，获得神气精力旺盛。与日月之光芒相当，天地营卫腠理（译者注：营卫腠理指肤色血气。）相同。在远方敬上一尊酒，送上祝福愿君共饮。羁旅他乡长久不归，心中忧虑痛苦万分。何物煮愁难以得熟，美好祝辞尚可呈送。边远荒凉艰难旅途，行到之处寄身他篱。还有山桃含笑相伴，更有梅花香气绕人。他日黄河之水变清，必将高歌报答酬谢。

南征集

秋兴和杜韵

无寐①凉飔②忽入林，疏棂灯火③助萧森④。
弥天江海曾伤别，漫地风云讵变阴。
困柳⑤娇莺犹唤梦，辞枝寒鹊若为心。
义山⑥肠断非今日，欲写秋声怯夜砧⑦。

注释：

①无寐：不睡。《诗•魏风•陟岵》："母曰：'嗟！予季行役，夙夜无寐。'"
②凉飔：凉风。南朝•齐•谢朓《在郡卧病呈沈尚书》诗："珍簟清夏室，轻扇动凉飔。"
③疏棂灯火：窗棂稀疏的灯火。
④萧森：阴森。唐•杜甫《秋兴》诗其一："玉露凋伤枫树林，巫山巫峡气萧森。"
⑤困柳：柳絮垂落如同无力困顿之人。
⑥义山：李商隐，字义山，号玉溪生、樊南生，唐代著名诗人。
⑦夜砧：唐•李商隐《出关宿盘豆馆对丛芦有感》诗："清声不远行人去，一世荒城伴夜砧。"

浅解：

　　此诗和杜甫《秋兴》诗，以悲秋之事，反映饶公心中之愁：悲秋之愁、离别之愁、岁暮之愁，结尾之处又李商隐"怯夜砧"的典故（李商隐一生有入世意，却只有江湖路，他经常以"江南"借指自己未完成的梦想，此典故指他住宿在一个叫盘豆馆的小驿站里，听着北方大地上那声声夜砧，想起自己曾经也是一个江南客，表达了自己无法实现人生目标的无奈和愁闷。）饶公亦借此感叹人生暮年，梦想无法实现的失落之情。

　　简译：夜不能寐凉风忽入深林，窗台稀疏灯火更显阴森。江海之上曾因离别感伤，怎料漫地风云突然变阴。弱柳娇莺让我梦中醒来，离枝鹊鸟只为追求内心。李义山断肠并非在今日，欲赋秋声却怕声声夜砧。

六曲阑干斗柄①斜,安排笔砚染烟华②。
唇鬣③谁铸成名马④,星汉今看有远槎⑤。
九县⑥多方争豹略⑦,万方一概动羌笳⑧。
胡姬⑨沉醉呼难醒,起剔银釭⑩眼未花。

注释:

①斗柄:指北斗七星中玉衡、开阳、摇光三星。

②烟华:像烟雾弥漫的繁花。南朝·齐·王融《芳树》诗:"相思早春日,烟华杂如雾。"

③唇鬣:良马的唇齿鬃毛。

④名马:马援《交址上马式表》。时越战方酣。

⑤远槎:往来于天河的木筏。传说古时天河与海相通,汉代曾有人从海渚乘槎到天河,遇见牛郎织女。

⑥九县:九州。《后汉书·光武帝纪》:"九县飙回,三精雾塞。"

⑦豹略:兵法。宋·张元干《代上折枢彦质生朝》词:"笔阵词锋明藻色,龙韬豹略系安危。"

⑧羌笳:"胡笳""羌笛",边地少数民族乐器。此借指战士们思乡之情。

⑨胡姬:胡姬花就是兰花,东南亚人民通称兰花为胡姬花。

⑩银釭:银白色的灯盏、烛台。南朝·梁元帝《草名》诗:"金钱买含笑,银釭影梳头。"

浅解:

此诗用马援善别名马的典故体现知音对有才之士的重要性,并借用古战事征战将士的乡思之情以及将士对国家的忠良气节来反映饶公自己"烈士暮年,壮心不已"的心性,"起剔银釭眼未花",也证明自己仍有能力对国家、对社会做一番贡献。

简译: 北斗斜垂栏杆曲折盘转,准备笔墨纸砚描绘繁花。唇齿鬃毛是谁铸成名马,看星空有往来天河之筏。九州之内多方起兵征战,奏响羌笛胡笳惊动四方。沉醉兰花难以唤醒绽放,深夜挑亮烛心眼未曾花。

诸天移景①澹含晖，上座②传经事已微。
荔子偏教楼阁丽，木棉不见鹧鸪飞。
寸丹③浇水心余热，断碧连山意更违。
往日亲朋应眷我，篱边人瘦夕阳肥。

注释：

①移景：古代类似幻灯的传影方法。宋·储泳《祛疑说·移景法》："视诸家移景之法特异。及得其说，乃隐象于镜，设灯于旁，灯镜交辉，传影于纸。"此借指天色渐晚，亦有借之表达传经使诸天感化之意。
②上座：又称长老、上腊、尚座、首座、上首。此词指僧众中之出家年数（法腊）较多者，或指年岁高者，有时亦为对僧人之尊称。
③寸丹：一寸丹心的省称，谓一片赤诚之心。

浅解：

饶公借传经移景之境来表达自己对"澹含晖"的脱俗之境的向往，然"寸丹浇水心余热，断碧连山意更违。"人生难免无法满足自身的某些愿望，然而请好友放心，即使人已经羸弱，但只要还有余热，在暮年之时也能够发挥所能，创造一片"夕阳红"。

简译：天色渐变景物恬淡泛光，高僧传经已入精深之境。荔子花树为楼阁添丽质，木棉花开鹧鸪已经远飞。内心保持赤诚呵护浇水，青山连绵人事却总与愿违。往日亲朋好友多眷顾我，篱边人已枯瘦夕阳正红。

一叶阽危①似累棋②，淮南枉赋长年悲③。
纪侯④大去还无日，陶令⑤归来会有时。
关塞他乡多暝宿，江皋余马苦朝驰⑥。
宾鸿⑦万里无消息，林鸟从知有去思。

注释：

①阽危：临近危险。《资治通鉴》卷二百五十八，（唐）昭宗圣穆景文孝皇帝

大顺元年：先是，（李）克用遣韩归范归朝，附表讼冤，言："臣父子三代，受恩四朝，破庞勋，翦黄巢，黜襄王，存易定，致陛下今日冠通天之冠，佩白玉之玺，未必非臣之力也。若以攻云州为臣罪，则拓跋思恭之取鄜延，朱全忠之侵徐、郓，何独不讨？赏彼诛此，臣岂无辞！且朝廷当阽危之时，则誉臣为韩、彭、伊、吕；及既安之后，则骂臣为戎、羯、胡、夷。今天下握兵立功之人，独不惧陛下他日之骂乎！

②累棋：即累棋之危，堆迭的棋子，高则易倒。比喻形势危险。《战国策·秦策》："致至而危，累棋是也。"

③"淮南"句：《淮南子》云："木叶落，长年悲。"

④纪侯：纪国国君纪哀侯，名纪叔姬，在位6年。公元前690年春，齐国大军进占了纪国都城纪（在今寿光纪台镇），纪国国君纪哀侯带着一干臣民仓惶而逃，纪国灭亡。

⑤陶令：指晋·陶潜。陶潜曾任彭泽令，故称。元·赵孟頫《见章得一诗因次其韵》诗："无酒难供陶令饮，从人皆笑郦生狂。"

⑥江皋余马苦朝驰：《楚辞·九歌·湘夫人》："朝驰余马兮江皋，夕济兮西澨。"

⑦宾鸿：即鸿雁。南朝·梁元帝《言志赋》："闻宾鸿之夜飞，想过沛而沾衣。"

浅解：

　　落叶而引起长年之悲，这是一种非常苦闷的情感。饶公亦无法摆脱悲秋之情，远飞的鸟儿都会思念自己的旧巢，何况是人，长年羁旅于外的苦痛在诗中展露无遗。

　　简译：一叶落下临近累棋之危，《淮南子》怅然伤"长年悲"。纪国灭亡仍旧遥遥无期，陶渊明之士终究会到来。夜晚栖息于边关的异乡，白天骑马驱驰于江岸边。鸿雁远飞万里毫无消息，羁鸟向来依恋旧时之林。

　　　　　　雨歇天低峭峭山，乡闾①指点白云间。
　　　　　　人随秋水归群壑，月带星河照近关。
　　　　　　丛竹送青还绕屋，金尊②浮绿且开颜。
　　　　　　飘残坠蕊堆庭砌，试觅芳踪向旧班③。

注释：

①乡闾：古以二十五家为闾，一万二千五百家为乡，因以"乡闾"泛指民众聚居之处。《管子·幼官》："闲男女之畜，修乡闾之什伍。"
②金尊：酒尊的美称。
③旧班：从前的职位。班，位次。宋·苏轼《次韵钱穆父》诗："老入明光踏旧班，染须那复唱《阳关》。"此指从前的回忆。

浅解：

  秋雨初停，明月高照，天地焕然一新，屋前竹下小酌，又有残花相伴，令人回忆起往事的美好。
  简译：骤雨初停天与峭山接连，乡村徜徉山水白云之间。人随秋水归回山水之家，明月伴随星河照耀边关。丛竹环绕房屋点缀青绿，酒杯映衬着新绿令人欢喜。残花飘飞凋零堆砌于庭，在此寻觅当初美好回忆。

    绿到髡枝①最上头，柳条婀娜不宜秋。
    四时罕变冬仍翠，百卉何知春只愁。
    去去②家山③恋落日，栖栖④南北逐浮鸥⑤。
    他生未卜今生老，遥认齐烟是九州⑥。

注释：

①髡枝：古代称修剪树枝。此指枝头。
②去去：远去。汉·苏武《古诗》其三："参辰皆已没，去去从此辞。"
③家山：谓故乡。唐·钱起《送李栖桐道举擢第还乡省侍》诗："莲舟同宿浦，柳岸向家山。"
④栖栖：忙碌不安貌。《诗·小雅·六月》："六月栖栖，戎车既饬。"
⑤浮鸥：鸥鸟。常比喻飘忽不定。明·顾大典《青衫记·茶客娶兴》："怨寥寥粉消红瘦，虚飘飘如逐浪浮鸥。"
⑥遥认齐烟是九州：唐·李贺《梦天》诗曰："遥望齐州九点烟，一泓海水杯中泻。"

浅解：

　　此诗咏秋柳，借诗意抒发思乡之情：一生飘忽不定，前路茫茫，回家仅是奢望，只能翘首以待，饶公盼望早日回到自己的故乡。

　　简译：碧绿从低处直到最上头，柳条婀娜与秋格格不入。竹林四季不变草木冬季仍翠，百花争艳哪里知道春愁。远离家乡眷恋落日之景，羁旅南北飘忽如同鸥鸟。往世没法卜得今生境况，遥认齐州烟缕即是故乡。

<blockquote>
作稼①难邀一溉②功，河山回首日方中。
赵岐系志鸣孤愤③，屈子何因欷绪风④。
牢落⑤鬓非鸦背黑，浅清句共海绡红。
江头多少王孙⑥老，最忆沧洲⑦此秃翁。
</blockquote>

注释：

①作稼：种植庄稼。

②一溉：一次灌溉。亦比喻用力不多。三国·魏·嵇康《养生论》："夫为稼于汤世，偏有一溉之功者，虽终归于燋烂，必一溉者后枯，然则一溉之益，固不可诬也。"

③"赵岐"句：赵岐（约108－201），字邠卿。京兆长陵（今陕西咸阳）人。初名嘉，字台卿，后因避难所以自改名字。赵岐与何休相似，也遭受过宦官的严重迫害。他生于东汉中期安帝时，卒于曹操当政的建安六年（201年），年九十余。三十多岁时，他"有重疾，卧蓐七年"，后来遭逢"主荒政谬""纲纪大乱"的桓灵之世，仕途坎坷。永寿年间（155－157），他曾因京兆尹延笃之召为功曹，因故得罪了宦官唐衡之兄唐玹。延熹元年（158年），以"宽仁"著称的延笃罢官，唐玹继任京兆尹；赵岐惧祸亡命于外，"江、淮、海、岱，靡所不历"，家属宗亲都被杀害，幸得安邱大地主孙嵩的收容，藏匿于复壁之中历数年之久。延熹七年，唐衡死，赵岐虽得被赦，但不久又遭党锢十余年。据赵岐自述，正是在那长年累月的"心剿形瘵""精神遐漂"之中，他只好"系志于翰墨"，"述己所闻，征以经传"，为《孟子》作章句，假以排遣忧思（《孟子题辞》）。

④"屈子"句：《楚辞·九章·涉江》："乘鄂渚而反顾兮，欸秋冬之绪风。"

⑤牢落：稀疏零落貌，零落荒芜貌。《文选·司马相如〈上林赋〉》："牢落陆离，烂漫远迁。"
⑥王孙：隐逸之人。《招隐士》："王孙兮归来，山中兮不可久留。"
⑦沧洲：滨水的地方。古时常用以称隐士的居处。出自三国魏阮籍《为郑冲劝晋王笺》："然后临沧洲而谢支伯，登箕山以揖许由。"支伯，古代贤士，全称为子州支父。或说姓子名州，字支父。《庄子·让王》："尧以天下让许由，许由不受。又让于子州支父，子州支父曰：'以我为天子，犹之可也。虽然，我适有幽忧之病，方且治之，未暇治天下也。'……舜让天下于子州支伯。子州支伯曰：'予适有幽忧之病，方且治之，未暇治天下也。'"

浅解：

　　此诗借用赵岐"系志于翰墨"、屈原《涉江》、淮南小山《招隐士》、沧洲支伯等典故，宣泄自己一生忙碌而漂浮生活的苦闷以及对山林隐逸生活的向往。

　　简译：耕作难以一次便有收获，回望河山正处骄阳之下。赵岐系志翰墨抒发孤愤，屈原因何事风中伤感。鬓发稀疏没鸦背般黑亮，浅雅诗句与海争鸣斗艳。江头多少有意隐居之人，最欣赏的是沧洲支伯翁。

　　　　长河望远自逶迤①，漠漠桑田接翠陂②。
　　　　北顾穷边③先舞雪，南征倦鸟且巢枝。
　　　　不愁波浅潜蛟出，待见山明落照④移。
　　　　听雨听风黄叶路，相思华发⑤正低垂。

注释：

①逶迤：形容道路、山脉、河流等弯弯曲曲。《文选·刘峻·广绝交论》："匍匐逶迤。"
②翠陂：青翠之山坡。
③穷边：荒僻的边远地区。宋·苏舜钦《己卯冬大寒有感》诗："穷边苦寒地，兵气相缠结。"
④落照：落日的余晖。

⑤华发：花白头发。《墨子·修身》："华发堕颠，而犹弗舍者，其唯圣人乎！"

浅解：

　　落叶飘零的秋季令人产生孤独悲凉之境，何况于异乡之饶公，只能借着翘望，期盼视野之尽头乡国能够显现，以缓解思乡之愁。

　　简译：领略曲折绵延的大江河，无垠桑田接连青翠山坡。展望北方僻处飘舞飞雪，南飞倦鸟筑巢栖息枝上。无用担心水浅蛟龙出没，等待落日余晖照耀山头。风吹雨打黄叶落满山路，低垂花白之头思念家乡。

九日黄昏登高　次小杜韵

背人①一水去如飞，望里蜃楼②接紫微③。
九日逢辰④浑不觉，十洲⑤环顾欲安归。
行空皓月扶元气，散锦繁星媚夕晖。
且席残云挥雁去，天遥地远莫沾衣。

注释：

① 背人：没有人或人看不到。
② 蜃楼：虚幻之景。
③ 紫微：紫微星又称北极星，也是小熊座的主星。
④ 逢辰：谓遇到好时机。宋·陈师道《九日寄秦观》诗："登高怀远心如在，向老逢辰意有加。"
⑤ 十洲：古代传说中仙人居住的十个岛。《海内十洲记》中有："汉武帝既闻西王母说八方巨海之中有祖洲、瀛洲、玄洲、炎洲、长洲、元洲、流洲、生洲、凤麟洲、聚窟洲。有此十洲，乃人迹所稀绝处。"

浅解：

　　饶公登高而望，皓月当空，繁星献媚，山色恍若仙境，黄昏山景展现着清新脱俗，让饶公萌生驾雁离去的想法。

　　简译：无人问津之流消逝如飞，眼前虚景如幻连着紫微。九日如此好时辰浑不觉，环顾十洲之地想要归回。皓月当空令人神清气爽，繁星闪亮夕阳美景献媚。姑且席坐残云驾雁离去，天遥地远不会沾湿衣裳。

杂　　诗

一年未换薄罗衣①，狼藉繁英②尚斗菲③。
日月不羁天宇阔，溪山无尽雨声稀。
瘴来浑觉愁成痗④，事去难将梦表微。
绝域⑤光阴成底事⑥，只应留句送余晖。

注释：

①薄罗衣：轻罗白衣。唐·王维《秋夜曲》："桂魄初生秋露微，轻罗已薄未更衣。"
②繁英：繁盛的花。晋·刘琨《重赠卢谌》诗："朱实陨劲风，繁英落素秋。"
③斗菲：争斗芳菲。
④痗：忧伤成病。
⑤绝域：与外界隔绝之地。晋·孙绰《游天台山赋》："邈彼绝域，幽邃窈窕。"
⑥底事：此事。宋·林希逸《题达摩渡芦图》诗："若将底事比渠侬，老胡暗中定羞杀。"

浅解：

秋夜冷寂，罗衣为换，芳菲善存，天高水阔，愁苦萌生，饶公愿与尘世隔绝，与自然为友赋诵诗歌。

简译：轻罗白衣一年未曾更换，凌乱繁花争相释放芳菲。天宇开阔日月不受拘束，一望溪山无尽雨声稀疏。瘴气弥漫浑觉久愁成病，回忆难将梦境表现精细。与世隔绝时光促成此事，只该留下佳句赠给余晖。

渐霜白向鬓边来，竹外疏花蘸水开。
植土危根偏布暖，入怀孤月喜无猜。
暗尘生网①空叹拙，野鸟依人不用媒。
欲寄荒寒难著笔，秋风卷叶晓侵苔。

注释：

①生网：蜘蛛结网，描写老来孤寂。

浅解：

  此诗描述了秋季来临大地之景，并借以衬托人之将老的孤独感慨。秋风吹落树叶，侵袭院苔，客土勉强植下根业，入怀孤月没有任何顾虑，惆怅令人不知从何处说起。

  简译：鬓角如霜一般逐渐花白，竹外稀疏花朵蘸水而开。谨慎植下根基温暖大地，孤月入怀合一毫无顾忌。暗尘结网令人徒然感叹，野鸟眷恋依人无需做媒。想要吟诵荒寒难以起笔，秋风吹卷落叶侵袭院苔。

    溯洄①寒露入江深，老树亭亭暂愒阴②。
    山色曳岚③连碧海，水纹摇日错黄金。
    人随车马临歧路，牛载乌鸢④过远林。
    如许生涯谁印可⑤，只愁晨吹恼禅心。

注释：

① 溯洄：逆着河流的道路往上游走。《诗经·秦风·蒹葭》："溯洄从之，道阻且长。"
② 愒阴：暮年。南朝·陈·周弘让《复王少保书》："吾已愒阴，弟非茂齿。"
③ 曳岚：雾气浮荡。
④ 乌鸢：乌鸦和老鹰。
⑤ 印可："印"的意思是决定无疑。"印可"即认可、许可的意思。佛家谓经印证而被认可，禅宗多用之。亦泛指同意。《维摩诘经·弟子品》："若能如是宴坐者，佛所印可。"

浅解：

  此诗借秋思感叹人生暮年，诗歌从秋景写起，为我们展现恬静而冷寂的秋天景色，进而阐述人生的多种"歧路"离别，以自己的人生阅历抒发"只愁晨吹恼禅心"对心境影响的无奈，亦体现饶公对清静生活的向往。

简译：寒露逆流而上游走深入，岸边耸立之树已入暮年。山中沉雾接连碧蓝大海，水波日光交映璧如黄金。人随车马奔走岔道之上，牛载乌鸦老鹰迈过远林。诸如此种生涯是谁许可，只是苦恼尘封惊扰禅心。

寄港中琴友

幽篁①带水月微寒，秋塞凄吟晚自弹。
已分临歧②曾惘惘，未须行海③始漫漫。
乱流孤屿身安放，隔雾繁花独爱看。
省识东风无限意，何人同与凭阑干。

秋塞吟即琴曲水仙，余喜弹之。

注释：

①幽篁：楚·屈原《九歌·山鬼》："余处幽篁兮终不见天，路险难兮独后来。"指幽深的竹林。
②临歧：歧路，岔路，古人送别常在岔路口处分手，往往把临别称为"临歧"。
③行海：漂洋过海，即远走他乡。

浅解：

此诗借秋天之象反映饶公此时之处境，借春风无限之意体现友人当年之欢聚，抚琴感伤，令人心碎。

简译：幽深竹林沾露月光冷寒，夜晚独自弹奏秋塞琴曲。多少离别总是令人迷惘，未曾过海已觉长路漫漫。乱流孤岛身将如何安置，最爱那隔着雾气的繁花。方始察觉春风无限之意，谁能和我一同凭栏远眺。

自麻坡①至武吉甘蜜②

恨无冻雨洗征尘③，海色④骄阳入早春。
椰路孤驰如蹈火，橡林千里不逢人。
村开竹坞⑤初成市，俗杂昆仑⑥语更亲。
蓝缕⑦周咨⑧勤域外，艰难能不念先民。

注释：

①麻坡：马来西亚柔州古镇之一。Muar 是马来语，原作 muara。

②武吉甘蜜：马来西亚城市 Bukit Gambir。蜜，同"蘩"。《说文·艸部》："蘩，芙蕖本。从艸，密声。或从蜜。"

③征尘：指旅途中所染的灰尘。含有劳碌辛苦之意。宋·陆游《剑门道中遇微雨》诗："衣上征尘杂酒痕，远游无处不消魂。"

④海色：将晓时的天色。唐·李白《古风》其十六："鸡鸣海色动，谒帝罗公侯。"

⑤竹坞：竹舍，竹楼。马来西亚人居住的传统屋子与我国傣族竹楼样式相似，是单层建筑，房子离地面几尺高，由若干根木柱支撑着，所以称它"浮脚楼"。

⑥昆仑：中国古代泛称今中印半岛南部及南洋诸岛以至东非之人为昆仑。

⑦蓝缕：比喻学识浅陋。《新唐书·选举志下》："凡试判登科谓之'入等'，甚拙者谓之'蓝缕'。"

⑧周咨：多方征求意见。清·梅曾亮《送韩珠船序》："昔合河孙文定公尝徒步游东南山水数千里，风俗人事政教之所宜，履行周咨，故后所建议，深植治体。"

浅解：

　　饶公领略马来西亚异国风情，自然之景与人文气息无不令他感慨，马来文化之丰富精邃以及先民智慧和创造力令人赞赏。

　　简译：怎奈没有冻雨洗濯劳尘，天明骄阳彰显早春现象。椰路之上奔车如同蹈火，橡林千里密布人迹罕见。乍现村落竹楼喧嚣热闹，杂糅南洋风俗语言亲切。虚心学习领悟异域风情，谁敢不念先民开辟之功。

恨别离陈雨洗征尘海色骑阳入旱春椰敲孤地如蹈火燎林于宴不逢人

自麻坡至甘荅汁

甲午英堂

金马仑高原①二首

群峰万壑似军屯，霹雳溢亨②此最尊。
车碾苍烟天恐裂，林分峭路日常昏。
九千里外惊初到，百八盘高许等论。
绝顶清池堪浴梦，飞飞蝴蝶自成群。

注释：

①金马仑高原：位于马来西亚半岛中央，由海拔介乎1500米到1800米的高地连绵而成，适合避暑之用。这片肥沃的土地位于马来西亚茶业的中心，是当地人和游客避开平原闷热天气的好去处。景点包括丛林、瀑布、茶园，还可以观赏园林和奇花异草。
②溢亨：古代溢亨国位于现在马来西亚的彭亨地区。彭亨（Pahang）是马来半岛上面积最大的一州，总面积有35965平方公里，在马来半岛中部偏东。州首府为关丹（Kuantan），皇城位于北根（Pekan）。

浅解：

此诗为游记诗，金马仑高原唯我独尊的气势令人折服，饶公更是给予了"九千里外惊初到，百八盘高许等论"的高度评价，诗中"霹雳""尊""恐""惊""清"可见金马仑高原并非徒有虚名。

简译：群峰万壑如同军队驻扎，溢亨如雷贯耳以此为尊。车马穿过苍烟天恐裂开，繁密林木分路遮蔽天日。九千里路途外远道而来，八百米高哪敢相提并论。绝顶清澈天池洗涤俗梦，成群蝴蝶翩翩起舞飘飞。

炼石真宜补奥区①，只怜乱木塞荒途。
山前残月微微见，肘后寒云渐渐无。
十里林霏②生幻景，百年潭水照真吾。
行行③莫与山争路，归撷繁英作友于④。

注释：

①"炼石"句：即"炼石补天"，古神话，相传天缺西北，女娲炼五色石补之。比喻施展才能和手段，弥补国家以及政治上的失误。刘安《淮南子·览冥训》："往古之时，四极废，九州裂，天下兼覆，地不周载……于是女娲炼五色石以补苍天。"

②林霏：树林中的云气。宋·欧阳修《醉翁亭记》："若夫日出而林霏开，云归而岩穴暝。"

③行行：即羁旅。

④友于：指兄弟友爱，以借指兄弟。《尚书》卷十八《周书·君陈》："孝乎惟孝，友于兄弟，克施有政。"

浅解：

  自然与人的心境往往相宜，令人能够真实地审视自我、表现自我，人生羁旅有此机遇足以聊解心中愁闷，亦即是饶公希望与友人分享的自然旨趣。

  简译：炼石填补缺陷如此相宜，可惜乱木充斥荒凉之境。山前残缺之月隐约若现，身后寒天之云逐渐淡去。十里云气生成虚幻景象，百年潭水照出真实自我。羁旅远行莫与群山争路，归乡撷取花儿赠兄友。

怡保①道中

山翻碧浪②连云起,一路寻秋入太平。
失喜③峰峦同八桂④,冥搜石乳足千龄。
风吹野日荒荒老,雨打篱花脉脉情。
何处仙人能驻景⑤,崎岖我欲问曾城⑥。

注释:

① 怡保:马来西亚霹雳州首府,工商业及交通中心。因当地盛产一种名叫"怡保"的有毒植物而得名。19世纪末,怡保随采锡业兴起,一直是马来西亚锡矿开采中心,有"锡都"之称。
② 碧浪:指山中之树。
③ 失喜:喜极不能自制。唐·宋之问《牛女》诗:"失喜先临镜,含羞未解罗。"
④ 八桂:广西盛产桂树,连片成林。广西称"桂"、"八桂"由来已久。经考证,"八桂"之美称是从古代《山海经》中"桂林八树,在贲禺东"演变而来。
⑤ 驻景:犹驻颜。唐·李商隐《碧城》诗之三:"检与神方教驻景,收将凤纸写相思。"冯浩笺注:"《说文》:'景,光也。'驻景,犹驻颜之意,谓得神方使容颜光泽不易老也。"
⑥ 曾城:传说中的地名。亦泛指仙乡。《后汉书·张衡列传·思玄赋》:"登阆风之曾城兮,构不死而为床。"

浅解:

  怡保之景真如广西,山如碧浪,石乳林立,凉风飒飒,秋意无边,令饶公如入仙境。
  简译:山体如同碧浪接连云雾,沿路寻找秋意渐入太平。欣喜此地峰峦如同广西,广搜石乳踏遍千山万岭。风吹拂日晒蒸天地荒老,雨清打篱下花脉脉含情。仙人何处能够永葆容颜,山路崎岖我欲寻找仙乡。

太　平　湖①

浅水涟漪自一方，山川今喜入诗囊。
虬松阅世真行健②，湖草如茵③欲吐芳。
地僻南金④琛赆⑤美，雨昏⑥北郭马蹄忙。
春风为补林塘破⑦，拂晓啼猿只断肠。

注释：

①太平湖：太平湖公园建立于英国统治马来西亚时期，也是马来西亚最古老的湖滨公园。太平湖公园是马来西亚少数同时拥有湖光山色的湖滨公园，是马来西亚少数有文化气息的湖滨公园之一。公园以太平湖八景著称：铁骑寻芳、皇岗听猿、曲桥待月、碧水红莲、竹韵琴声、平塘独钓、春岛幽情、翠臂擒波。

②行健：运行壮健。《易·乾》："象曰：天行健，君子以自强不息。"

③茵：铺垫的东西，垫子、褥子、毯子的通称。

④南金：南方出产的铜。后亦借指贵重之物。《诗·鲁颂·泮水》："元龟象齿，大赂南金。"

⑤琛赆：献贡的财货。

⑥雨昏：阴雨时昏暗的天色。宋·陆游《过修觉山不果登览》诗："前日泛江时，雨昏失南山。"

⑦春风为补林塘破：化用宋·王安石《江上》诗句"春风似补林塘破"。

浅解：

此诗详尽描写太平湖的风光景物，将湖水、山川、松树、岸草、物产、走兽等等一一写出，向人们展现一幅世外桃源之自然画境。

简译：浅水轻泛涟漪接连远处，山川欣喜进入我的诗作。盘曲老松经世如此强健，湖草如茵欲要吐露芬芳。僻地人杰地灵物产丰饶，阴雨昏暗北方马蹄急促。春风填补林塘草木疏稀，黎明啼猿声声令人断肠。

槟城① 叙旧

傍柳穿桥过讲堂②,俯临烟水③极苍茫。
尽多风物供诗料,谁遣斯人老异乡。
廿载殷忧④艰一聚,百年树木费平量。
椰林海色徒相念,只手犹堪辟大荒。

注释:

①槟城:亦称槟榔屿、槟州,马来西亚十三个联邦州之一,马来西亚半岛西北侧。它是马来西亚重要港口,是续首都吉隆坡和南方贸易门户新山市之后的全国第三大城市,也是马来西亚第二小的州属槟城州(但是华人人口最多的州属)的首府。
②讲堂:高僧讲经说法的堂舍。《南史·宋武帝纪》:"尝游京口竹林寺,独卧讲堂前,上有五色龙章。"
③烟水:雾霭迷蒙的水面。唐·孟浩然《送袁十岭南寻弟》诗:"苍梧白云远,烟水洞庭深。"明·文徵明《石湖》诗:"石湖烟水望中迷,湖上花深鸟乱啼。"
④殷忧:深深的忧心。唐·骆宾王《萤火赋》:"感秋夕之殷忧,叹宵行以熠耀。"

浅解:

饶公于槟城与故友相聚,回首二十年来思念之苦,羁旅异乡的无奈之举,感叹人生孤独拼搏之不易,人事竟这样难以完满,心中平添几缕忧愁。

简译:傍着柳树穿桥走过讲堂,俯瞰沉雾流水直至苍茫。风物为我赋诗提供素材,谁让人们漂泊孤老异乡。二十年来心忧难以相聚,百年孤耸树木煞费估量。椰子海色徒然相对而望,仅凭双手之力开辟荒境。

升旗山①与遥天②同登

青蔼③平分坐拥毡，登高游目对遥天④。
枕流⑤未觉人将老，衔石从知海可填⑥。
桃李春风⑦思往日，江湖满地送流年。
过云如马浑无迹，叱驭⑧穷山且著鞭。

注释：

①升旗山：升旗山（马来语是 Bukit Bendera，Bukit 是山，Bendera 为旗，槟城华人称之为升旗山；而英语是 Penang Hill，槟榔山之意）由于昔日英国高官多居住于此，山下士兵利用旗语传递重要讯息，此乃升旗山名称之由来。升旗山是马来西亚第一个山间避暑胜地，山高 830 米，游客可徒步或乘坐缆车到山顶去，缆车站 1922 年开始启用。

②遥天：萧遥天，南洋华侨。他 1950 年到香港；1953 年受聘于马来西亚槟城钟灵中学，担任华文组主任后，便定居槟城，一面教书，另一面又从事潮州文化的研究及著述，写出了一些很有分量的作品。代表作品有《春雷》。

③青蔼：指云气。因其色紫，故称。

④遥天：此指天空，亦代指与萧遥天同登升旗山之事。

⑤枕流：在江边睡觉。指寄迹江湖。唐·韩偓《余卧疾深村闻一二郎官今称继使闽越，笑余迂古潜于异乡闻之因成此篇》诗："枕流方采北山薇，驿骑交迎市道儿。"

⑥衔石从知海可填：即"衔石填海"。比喻为实现既定目标，坚韧不拔地奋斗到底。出处《山海经·北山经》："炎帝之少女名曰女娃。女娃游于东海，溺而不返，故为精卫，常衔西山之木石，以堙于东海。"

⑦桃李春风：桃李指老师的学生，比喻学生受到良师的谆谆教诲。宋·杨万里《送刘童子》诗："长成来奏三千牍，桃李春风冠集英。"

⑧叱驭：不畏艰险。《汉书》卷七十六《王尊列传》："尊叱其驭曰：'驱之！王阳为孝子，王尊为忠臣。'"

浅解：

　　饶公与萧遥天登高，感慨时光易逝，人之将老，然而他并非诉苦，而是告诉世人面对人生之险境要临危不惧，坦然面对自己的人生磨难，扬鞭奋蹄展现自己的英姿。

　　简译：云分天色人如安详坐毡，登上高山放眼眺望天空。寄迹四方未觉老之将至，从来便知衔石可填大海。追忆往日良师谆谆教诲，江湖满地目送流逝光阴。云过如同飞马不留踪迹，姑且扬鞭奋蹄不畏山艰。

樟宜①杨氏远籁②别业旧为苏丹行宫

贝阙珠宫③竟属公,北溟西海此潜通。
暮红分霭惊移岸④,浮绿横波欲撼空。
凉月渐生新雨后,清风半在茂林中。
群星此夕词人聚,异代流觞⑤事许同。

注释:

①樟宜:樟宜位于新加坡岛东北端,西南与新加坡市区有高速公路联系,北面与乌敏岛及德光岛通轮渡,是新加坡岛扼柔佛海峡东口的重要渡口。
②籁:荫庇。《古今韵会举要·泰韵》:"籁,荫也。"
③贝阙珠宫:指用紫贝明珠装饰的龙宫水府。形容房屋华丽,亦喻指瑶台仙境或帝王宫阙。《楚辞补注》卷二《九歌·河伯》:"鱼鳞屋兮龙堂,紫贝阙兮朱宫。"
④移岸:离岸。唐·贾岛《郑尚书新开涪江》诗其二:"涪水方移岸,浮阳有到舟。"
⑤流觞:古人每逢农历三月上巳日于弯曲的水渠旁集会,在上游放置酒杯,杯随水流,流到谁面前,谁就取杯把酒喝下,叫做"流觞"。东晋永和九年(353年)三月初三的上巳节,会稽内史王羲之偕亲朋谢安、孙绰等四十二人,相聚会稽山阴(今浙江绍兴)的兰亭,修禊祭祀仪式后,举行流觞曲水的游戏,四十二人人饮酒咏诗,所作诗句结成了《兰亭集》,王羲之为该集作《兰亭集序》。从此流觞曲水,咏诗论文,饮酒赏景,历经千年而盛传不衰。

浅解:

饶公与友人会聚杨远籁别墅,借旧时行宫之雅、饮酒咏诗之趣表达人生之求。既是纪事诗,亦是畅怀诗。

简译:帝王宫阙竟然属于杨公,北地西地在此暗自联通。暮色红分霞霭扰人离岸,水面横波泛绿欲撼云空。凉月新雨之后逐渐浮现,清风茂林之中徐徐吹拂。星光璀璨今夜词人相聚,异代流觞曲水应是相同。

羁禽①

楼寒院冷失秋旸②，江雨连绵接夜长。
料峭③不殊春二月，离披④最念柳千行。
宵深短烛摇残梦，杯浅长歌续断肠。
隔个风帘清似水，羁禽绕树镇徊徨⑤。

注释：

①羁禽：离群的鸟。唐·柳宗元《南涧中题》诗："羁禽响幽谷，寒藻舞沦漪。"

②秋旸：秋阳，烈日。南朝·梁元帝《请于州立学校表》："若非六经庖厨，百家异馔，三坟为瑚琏，五典为笙簧，岂能暴以秋旸，纡就望之景；濯以江汉，播垂天之泽。"

③料峭：形容微寒；亦形容风力寒冷、尖利。唐·陆龟蒙《京口》诗："东风料峭客帆远，落叶夕阳天际明。"

④离披：分散下垂貌；纷纷下落貌。《楚辞·九辩》："白露既下百草兮，奄离披此梧楸。"

⑤徊徨：徘徊彷徨。形容惊悸不安或心神不定。东汉·蔡邕《琴操》卷下引汉王嫱《怨旷思惟歌》："虽得馁食，心有徊徨。"

浅解：

此诗的"羁禽"喻指饶公的羁旅生活。远在他乡，"楼寒院冷"，岁月在更迭，乡愁在加深，孤独的滋味唯有离群之鸟能够感同身受。如何排解心中愁苦？只有远离尘嚣，心静如水。诗中亦体现饶公独立自在的个性。

简译：楼冰院寒凄冷秋阳暗淡，江雨连绵不绝黑夜漫长。风力尖利不亚二月春风，纷纷下落犹如柳絮千行。夜渐深烛渐短梦境残存，浅酌歌咏沉浸断肠之愁。风帘隔世心静如同清水，离鸟绕树而飞舒缓徊徨。

种 花 二 首

四角滋兰①五亩强,种花人在树中央。
蕉风②触午青云热,柳浪递秋白日长。
庭叶变红忘季候③,园英得紫足清狂。
萝扉④不闭诸峰静,碧藓春归一院香。

注释:

①滋兰:栽种兰花。滋,即栽种的意思。
②蕉风:香蕉成熟的季节为7月至10月。为夏秋之季,蕉风即仲夏之风。
③季候:时节;季节。
④萝扉:即门窗。

浅解:

平淡自然、躬耕隐居一直是饶公向往的生活,此诗描写了栽种兰蕙的新鲜感受和由衷喜悦,表现出饶公对田园生活的热爱以及崇尚自然的本性。

简译:围绕五亩之地栽种兰蕙,种花之人置身树的中央。正午蕉风似火云天酷热,长昼柳絮摇曳传递秋意。庭院树叶渐红忽视时令,园中花木艳丽令人轻狂。不闭门窗面对静默诸峰,藓渐绿如春归院里泛香。

乍临山少林多处,徒忆风清月霁时。
天与秋鸿①如有约,地连春草阻归期。
百围②乔木环沧海,一角残阳护短篱。
小别成连③音变徵④,囊琴⑤余味独灯知。

注释:

①秋鸿:秋日的鸿雁。常象征离别。南朝·梁·沈约《愍衰草赋》:"秋鸿兮疏引,寒鸟兮聚飞。"

②百围：极言树干之粗。亦借指大树。《庄子·齐物论》："山林之畏佳，大木百围之窍穴，似鼻，似口，似耳，似枅，似圈，似臼，似洼者，似污者。"
③成连：春秋时一位有名的琴师，伯牙之师。
④变徵：变徵之声，指以此音阶为主调的歌曲。歌曲特点，凄怆悲凉。
⑤囊琴：囊中之琴。明·刘崧《题余仲扬画山水图为余自安赋》："囊琴未发弦未奏，已觉流水声洋洋。"

浅解：

　　此诗承接种花诗意，秋鸿、归期、残阳、音变徵、独灯知等皆寓意着凄凉忧伤的情感，阐述饶公羁旅生活的孤独与无奈。

　　简译：忽然来到山少林多之处，突然追忆风清月明之时。天与秋天鸿雁如有约定，地连春天草木阻碍归期。粗壮乔木环绕苍茫大海，一片落日耀护短矮篱笆。暂别成连音乐变得凄怆，囊中琴声余味唯灯知晓。

闲　　云

闲云斜压雁声低，水舍烟芜①浸小陂。
雨幕背窗愁夜永，凉宵留客得秋迟。
灯明炙手空余热，海暗藏山又一奇。
缺月如眉空忆汝，柳花两岸上船时。

注释：

①烟芜：烟雾中的草丛。亦指云烟迷茫的草地。宋·柳永《破阵乐》："露花倒影，烟芜蘸碧，灵沼波暖。"

浅解：

　　秋夜寒凉，夜雨不歇，独自羁留他方，愁苦油然而生，思念远方亲友，离别之景赫赫在目，令饶公倍感忧伤。

　　简译：飘拂之云斜压雁儿低鸣，烟雾笼罩岸边水舍小屋。窗檐雨幕披洒暗夜愁长，迟秋伴着寒凉挽留羁客。烛灯明亮炙手温暖人心，山隐昏暗之海真为奇景。月牙如眉令我思念着你，两岸柳家送我上船之时。

胡姬花①下作

天人西南异我乡,小楼山紫暴秋旸②。
乍凉乍暑叶犹媚,舍北舍南花不香。
压酒③传诗空缱绻④,碍云暗雨自荒唐。
分愁去雁共千里,冉冉⑤飞星劳夜长。

注释:

① 胡姬花:东南亚人民通称兰花为胡姬花。
② 秋旸:见《羁禽》注释②。
③ 压酒:米酒酿制将熟时,压榨取酒。即饮酒。
④ 缱绻:形容感情深厚。唐·白居易《寄元九》:"岂是贪衣食?感君心缱绻。"
⑤ 冉冉:光亮闪动貌。唐·元稹《会真诗三十韵》:"华光犹冉冉,旭日渐曈曈。"

浅解:

  独自羁旅南洋之地,天气时冷时热,人处何处皆不自在,实非景致不好,而是人心不在此处。思念家乡,愁苦之情无法消解。只愿雁飞之时能将忧愁一同带去,暂获一时愉悦,即是饶公的心声。

  简译:人处西南之地异于我乡,山中小屋映照秋天之阳。时冷时热树叶仍然媚丽,栖南息北花儿总觉不香。饮酒赋诗徒然纠缠萦绕,暗雨碍云如此不合情理。大雁引我愁心奔赴千里,飞星光亮闪动黑夜漫长。

借园田居和陶五首

绕庐只繁碧，非水复非山。
此屋非吾有，小住足忘年①。
种竹已参天，积潦②忽成渊。
谓我懒秉耒③，躬耕有研田④。
墨可弥九州，悲欲塞两间⑤。
不忧去日多，所惜只眼前。
迢迢千里原，簇簇⑥万家烟。
尨⑦吠巷未深，鸡鸣树久颠。
此生复何慕，难得须臾闲。
樊笼⑧有天地，方寸且陶然⑨。

注释：

①忘年：忘记年月。《庄子·齐物论》："忘年忘义，振於无竟。"成玄英疏："夫年者，生之所禀也，既同于生死，所以忘年也。"

②积潦：成灾的积水；洪涝。宋·黄庭坚《次韵刘景文登邺王台见思》之三："系鲍两相忆，极目十馀城，积潦千斗极，山河皆夜明。"

③秉耒：执耒。耒耜，古代翻土工具，借指耕种。《礼记·祭义》："是故昔者天子为藉千亩，冕而青纮，躬秉耒。"

④研田：指砚。以田喻砚，把读写看作耕作。清·方文《寄怀邢孟贞》诗之二："但培书种大，勿恤研田荒。"

⑤两间："两间"，谓天地之间，指人间。《宋史·儒林传五·胡安国传》："愿强于为善，益新厥德，使信于诸夏，闻于夷狄者，无曲可议，则至刚可以塞两间，一怒可以安天下矣。"

⑥簇簇：一丛丛；一堆堆。唐·白居易《开元寺东池早春》诗："池水暖温暾，水清波潋滟。簇簇青泥中，新蒲叶如剑。"

⑦尨：多毛的狗。

⑧樊笼：关鸟兽的笼子。比喻受束缚而不自由的境地。晋·陶潜《归园田

居》其一:"久在樊笼里,复得返自然。"

⑨陶然:醉乐貌。晋·陶潜《时运》诗:"迈迈迟景,载欣载瞩。称心而言,人亦易足。挥兹一觞,陶然自乐。"

浅解:

晋·陶潜《归园田居》五首诗歌描写了诗人重归田园时的新鲜感受和由衷喜悦。饶公和其诗,在诗中亦表现自己期盼回归田园、寄托山水与翰墨之情,并阐述了自己虽有忧愁但能珍惜时下,"此生复何慕"诗歌结尾的反问道出了饶公的坦荡:人生没有什么可以羡慕的,有一丝闲暇,有一点空间,已经足够自己忙中偷乐了,与陶公比有过之而无不及。

简译:唯有碧绿围绕房舍,没有流水没有山峦。此屋并非我所拥有,小住已然忘记年月。栽种之竹高耸入空,洪涝汇集忽成渊水。说我懒惰不事耕种,辛劳耕作依赖笔砚。书墨可以弥漫九州,忧伤情绪充斥人间。不要忧愁逝去之日,应当珍惜眼前之时。千里迢迢宽广平野,万家冒出缕缕白烟。巷口之处狗吠声声,树木之巅鸡久低鸣。此生有什么可羡慕?难得有此闲暇时光。天地间难免有束缚,方寸足够饮中作乐。

有蚁大于瓜,无车少尘鞅①。
渐无食肉相,已断尘外想。
神交②音书绝,四海罕来往。
壁虎日以肥,书带③日以长。
隔邻④即彼岸⑤,吾道庶云广。
森疏夏木深,上界⑥眇虚莽⑦。

注释:

①尘鞅:世俗事务的束缚。鞅,套在马颈上的皮带。宋·范成大《送关寿卿校书出守简州》诗:"京洛知心尘鞅里,江吴携手暮帆边。"

②神交:精神上的交往。南朝·江淹《伤友人赋》正是伤悼袁炳(字叔明)之作,其序云:"仆之神交者,尝有陈留之袁炳焉。"

③书带:束书的带。唐·李白《题江夏修静寺》诗:"书带留青草,琴堂幂

素尘。"

④隔邻：即邻居。

⑤彼岸：佛教语。佛家以有生有死的境界为"此岸"；超脱生死，即涅槃的境界为"彼岸"。《大智度论》卷十二："以生死为此岸，涅槃为彼岸。"

⑥上界：天上神仙居住的地方。唐·张九龄《祠紫盖山经玉泉山寺》诗："上界投佛影，中天扬梵音。"

⑦虚莽：丘墟和草莽。指衰败荒芜之地。《史记·仲尼弟子列传》："越王大恐，曰：'孤不幸，少失先人，内不自量，抵罪于吴，军败身辱，栖于会稽，国为虚莽。'"

浅解：

此诗描述了隐逸生活的状况：隔绝人世，不食肉味，断绝书信，伏案读书，胸罗天地，蔑视万物。表达了饶公隐居避世的决心和憧憬。

简译：此地蚂蚁大如瓜果，没有车马世俗束缚。逐渐没有尝试肉食，已然断绝凡尘之思。精神交往音信断绝，身处异地罕有往来。墙上壁虎日渐肥大，束书之带逐日见长。邻居宛若相隔彼岸，我的追求比云宽广。森林稀疏夏木深秀，天界俯视虚莽之地。

故人天末①至，知音自不稀。
胸中山水清，异途可同归。
门外萧萧②柳，时时拂我衣。
飞絮③衣天下，此愿终莫违。

注释：

①天末：天边，天际。西晋·陆机《拟行行重行行》诗："游子眇天末"。

②萧萧：萧条，寂静。晋·陶潜《自祭文》："窅窅我行，萧萧墓门。奢耻宋臣，俭笑王孙。"

③飞絮：柳树、芦苇等的种子。

浅解：

此诗描绘了隐逸生活的乐趣，青山绿水萦绕屋旁，时有友人相聚，柳树拂衣，宁静而淡雅。

简译：有故友自远方而来，知音从来不曾稀缺。心中平静如同山水，途径不同终点相同。门庭外面萧条柳树，时时轻拂我的衣裳。柳絮依托天地之间，此种愿望不能违背。

曩日①营书屋，种花作野娱②。
今者来旷野，旧屋已丘墟。
此身虽落南③，犹梦岭南居。
且作图中花，权植两三株。
树树不费栽，叶叶皆真如。
我园堪久假，此身犹赘余。
真中不异幻，实往终归虚。
于兹悟至理④，万有生于无⑤。

注释：

①曩日：往日，以前。汉·赵晔《吴越春秋·勾践伐吴外传》："意者犹今日之姑胥，曩日之会稽也。"

②野娱：闲暇消遣之事。

③落南：指饶公远离家乡羁旅他乡。

④至理：最精深的道理。晋·葛洪《抱朴子·喻蔽》："言少则至理不备，辞寡即庶事不畅。是以必须篇累卷积，而纲领举也。"

⑤万有生于无：我国古代哲学思想。老子认为："有"为看得见的具体事物，"无"即是看不见的"道"，为万物的本源。"有"由"无"产生。《老子·四十章》："天下万物生于有，有生于无。"

浅解：

在书斋中读书，于闲暇时种植花木是饶公最想获得的生活，然现实未必能圆满，不如寄托于翰墨之中，将现实的愿望移情画作之中，用笔"种花"，树木无需时时栽剪，叶子永远保持原貌，此中趣味未必比现实田园生活有差！后部分由衷感叹：本来万物便是从"无"产生，这种乐趣为何不可由自己创造？体现饶公豁达心境。

简译：平日守在书斋之中，种植花木消遣闲暇。如今来到旷野之地，往日之屋已成废墟。我虽然居住在南方，依旧怀念岭南旧居。姑且创作花之画作，栽种几株花草树木。树木生长无需栽剪，每片叶子保持原貌。长久栖居我的花园，感到自身似乎多余。现实之中没有幻境，向往之事终究虚幻。从中悟得精妙道理，万物本源由"无"产生。

> 和韵①出窘思，借人纾款曲②。
> 谁怜匆匆意，苦吟聊自足。
> 东坡信无俚③，和陶开新局。
> 愁始试客衣④，冷渐欺官烛⑤。
> 俯仰看桑田，热泪迸寒旭⑥。

王湘绮云宋人和韵，皆窘迫之极思也。

注释：

① 和韵：谓依照别人诗作的原韵作诗。清·袁枚《随园诗话》卷一："余作诗，雅不喜叠韵、和韵及用古人韵。"

② 款曲：犹衷情，诚挚殷勤的心意。汉·秦嘉《留郡赠妇》诗："念当远别离，思念叙款曲。"《剪灯新话·秋香亭记》："生虽怅然绝望，然终欲一致款曲于女，以导达其情。"

③ 无俚：百无聊赖。

④ 客衣：指客行者的衣着。唐·高适《使青夷军入居庸》诗："匹马行将久，征途去转难。不知边地别，只讶客衣单。"

⑤ 官烛：公家供给、供官吏办公用的蜡烛。此指蜡烛。唐·杜甫《台上》诗："何须把官烛，似恼鬓毛苍。"

⑥ 寒旭：冷天的阳光。

浅解：

此诗阐述了和陶诗的意图：自己窘迫时的思考，抒发衷情的途径是为了与古人对话，缓解心中的苦闷与无奈。

简译：和韵赋诗皆是窘思，借人之意抒发衷情。谁能理解迫切之意，苦苦吟诵自觉满足。东坡居士百无聊赖，附和陶诗打开局面。愁闷披上行者之衣，冷意逐渐侵袭蜡烛。俯仰观看沧海桑田，热泪感染冷天之光。

花葩山上，酒次天中录示尹昌衡①句即和

酒扑朱唇月坠山，一山得所众山环。
马思款段②仍强项③，人习侏离④且启颜⑤。
五十年华宁算老，八千子弟几生还。
相如⑥自有《凌云赋》，岂学刘安⑦久闭关。

注释：

①尹昌衡：原名昌仪（1884—1953），字硕权，号太昭，别号止园，四川彭县（今彭州市）升平镇人，辛亥革命时期的四川名人。
②款段：指马行迟缓貌，借指马。喻指普通的生活或悔悟之情。《后汉书》卷二十四《马援传》："士生一世，但取衣食裁足，乘下泽车，御款段马，为郡掾史，守坟墓，乡里称善人，斯可矣。致求盈余，但自苦耳。"
③强项：谓刚正不为威武所屈。《后汉书·杨震传附玄孙杨奇传》："帝尝从容问奇曰：'朕何如桓帝？'对曰：'陛下之于桓帝，亦犹虞舜比德唐尧。'帝不悦曰：'卿强项，真杨震子孙。'"唐·刘知几《史通·直书》："夫世事如此，而责史臣不能申其强项之风，励其匪躬之节，盖亦难矣。"明·黄道周《节寰袁公传》："公（袁可立）读法声益厉，中丞遂自劾去，众咸谓公强项也。"
④侏离：我国古代西部少数民族乐舞的总称。《周礼·春官·鞮鞻氏》"掌四夷之乐"。贾公彦疏引《孝经纬·钩命决》："西夷之乐曰侏离。"
⑤启颜：开颜。谓发笑。宋·岳珂《桯史·选人戏语》："坐客皆愧而笑。闻者至今启颜。"
⑥相如：司马相如（前179—前118），字长卿，汉族，巴郡安汉县（今四川省南充市蓬安县）人，一说蜀郡（今四川成都）人。西汉大辞赋家。
⑦刘安：刘安（前179—前122），西汉皇族，淮南王。汉高祖刘邦之孙，淮南厉王刘长之子。著《离骚传》，编写《鸿烈》（《淮南子》）。

浅解：

　　此诗颇有"老骥伏枥，志在千里；烈士暮年，壮心不已"之思，对虽然

年老，仍有雄心壮志的人表示敬佩和尊重。

简译：酒香扑人朱唇孤月落山，每个山峦皆环绕着众山。马行迟缓仍旧刚强不屈，人们学习乐舞欢笑开颜。年华五十怎可称道年老，八千子弟多少生还回归。司马相如自有凌云之志，岂会效法刘安闭关著述。

　　　　附：尹氏原作

月到天心马到山，惊霜无间扑刀环。
呼寒战士犹枵腹，盼捷将军未解颜。
廿八年华今夜老，三千迢递几时还。
东岩垒静西岩急，知是前锋破虏关。

Davis Hawks 辞牛津大学中文教授，专志译红楼梦，媵之以诗

举世滔滔识子贤，甘经高爵事陈编①。
种桃②当有千年计，鼓瑟谁张五十弦③。
移老入闲良有道，抛春坠梦惜无边。
曹家④往事低徊久，一帙红楼赖汝传。

注释：

①陈编：指古籍、古书。唐·韩愈《进学解》："踵常途之促促，窥陈编以盗窃。"
②种桃：指潜心著述，专研耕耘。
③五十弦：传说中善弦歌的女神素女所鼓之瑟为五十弦。后指悲哀的乐曲，或美称音乐、瑟。《史记》卷二十八《封禅书》："太帝使素女鼓五十弦瑟，悲，帝禁不止，故破其瑟为二十五弦。"
④曹家：即曹雪芹。

浅解：

此诗为赠诗，诗中对 Davis Hawks 辞牛津大学中文教授专志译《红楼梦》一事由衷佩服，对其能有如此远大的理想以及勇气表示赞赏。

简译：人人茫海识得你的贤才，甘愿抛却高薪潜心译书。苦心耕耘自有远大理想，弹奏琴瑟令人难以忘怀。遐龄大耋之年有所寄托，远离尘俗追求没有止境。曹家往事令人回味已久，一帙红楼有劳您老传承。

对月三首和杜

独往和云八千里,天孙几辈想衣裳①。
他心婉娈悲秦赘②,别意支离对楚狂③。
沾雾臂寒怜旧态,隔林花暖奈殊乡。
人间火宅④输云汉,犹怕前头是夕阳。

注释:

①衣裳:指传说中巧于织造的仙女。《汉书·天文志》:"织女,天帝孙也。"
②秦赘:秦赘,典故名,典出《汉书》卷四十八《贾谊传》。"秦人家富子壮则出分,家贫子壮则出赘。"秦代男子家贫无以为婚者,得入赘妇家,后因以借指赘夫。此指寄托他方。
③楚狂:楚人,姓陆名通,字接舆也。昭王时,政令无常,乃披发佯狂不仕,时人谓之楚狂也。后常用为典,亦用为狂士的通称。
④火宅:佛家语。喻烦恼的俗界。南朝·梁武帝《涅槃义疏序》:"救烧灼于火宅,拯沉溺于浪海。"

浅解:

月与云相随,皎洁令织女疯狂,月景凄美,隔林花暖,怎奈饶公身处异乡,无法摆脱"人间火宅"的束缚,愁苦寄托孤月,前方究竟是什么?茫然令人失落。

简译:独自随白云行走八千里,织女想织出可媲美衣裳。只奈身心柔弱入赘他家,惆怅分离令人如此佯狂。臂膀沾雾冷意哀怜旧态,林花布暖怎奈身在异乡。人间俗世完败云汉天际,很怕前头等待的是夕阳。

不闻江濑雁流哀①,百折惊涛到此回。
近水气蒸千梦去,遥山波送一诗来。
平添短发生明镜,旋觉余晖满翠台。
为语瞿塘②城下客,泱泱南顾海如杯。

注释：

①江濑雁流哀：南朝·宋·谢庄《月赋》："菊散芳于山椒，雁流哀于江濑。"江濑，江滩上的急流。
②瞿塘：瞿（qú）塘峡，又名夔峡。西起重庆市奉节县的白帝山，东至巫山县的大溪镇，全长约8公里。在长江三峡中，虽然它最短，却最为雄伟险峻。

浅解：

  月下流水湍急汹涌，人到此处所有困扰皆随水气蒸腾而去，泱泱远大之势，令人顿时心胸开阔，视大海如同杯水。

  简译：不闻雁子激流边上哀鸣，惊涛骇浪蜿蜒至此而回。水气蒸腾之流让梦消逝，远方山峦为我赋作诗句。湖水明亮如镜映衬短发，顿觉月色余晖照遍绿野。想要告诉瞿塘城下之客，泱泱大势让人看海如杯。

     缩地①夸能勘大宙，御风②浩浩极秋高。
     锄荒③已惯凌穷发④，耐冷何堪入不毛。
     俯仰商声⑤歌尔汝，指扔⑥佳气属吾曹⑦。
     旧山⑧落木知多少，乌鹊南飞⑨未算劳。

  讽登月者。

注释：

①缩地：传说中化远为近的神仙之术。晋·葛洪《神仙传·壶公》："费长房有神术，能缩地脉，千里存在，目前宛然，放之复舒如旧也。"
②御风：乘风而行。《庄子·逍遥游》："夫列子御风而行，泠然善也。"
③锄荒：锄地开荒。唐·孟郊《新卜清罗幽居奉献陆大夫》诗："此外有余暇，锄荒出幽兰。"
④穷发：极北不毛之地。《庄子·逍遥游》："穷发之北有冥海者，天池也。"

⑤商声：五音中的商音。《文选·马融〈长笛赋〉》："易京君明识音律，故本四孔加以一。君明所加孔后出，是谓商声五音毕。"
⑥指拚：即指挥。
⑦吾曹：犹我辈；我们。《韩非子·外储说右上》："吾曹何爱不为公？"
⑧旧山：故乡；故居。《文选·谢灵运〈过始宁墅〉诗》："剖竹守沧海，枉帆过旧山。"
⑨乌鹊南飞：喻犹豫不定的人才。三国·魏·曹操《短歌行》："月明星稀，乌鹊南飞。绕树三匝，何枝可依？"

浅解：

　　饶公此诗从人类登月入不毛荒地之事与己羁旅他乡之事进行对比，感叹自身的困顿与他辈相比远不算什么，"俯仰商声歌尔汝，指拚佳气属吾曹。"天生我材必有用！我们的生活不算劳顿。

简译：化远为近堪能审视天地，乘风行于浩浩秋月之空。锄地开荒已凌穷极之地，坚韧耐冷何堪进入不毛。商声顿起歌颂尔等之辈，指点云气属于我们之类。故乡落叶乔木知晓多少，南飞之乌鹊并不算劳顿。

花脛山中秋

秋到平分月正中,海滨山郭峭帆风。
浮槎①玉宇②才初地,啖饼③金尊已半翁。
旋出天心辉下界,斜飞露脚④坠长空。
峰颠独树何多态,看茁奇葩⑤处处同。

注释:

①浮槎:指古代传说中来往于海上和天河之间的木筏,在多部古籍中都有记述。唐代骆宾王作有《浮槎》诗。
②玉宇:用玉建成的殿宇,传说中天帝或神仙的住所。南朝·梁·萧纶《祀鲁山神文》:"金坛玉宇,是众妙之游邀;丹崖翠幄,信灵人之响像。"
③啖饼:品尝月饼,中秋习俗。
④斜飞露脚:桂树下的玉兔听到乐曲声也浑然入境,全然觉察不到寒露打湿了全身。唐·李贺《李凭箜篌引》:"吴质不眠倚桂树,露脚斜飞湿寒兔。"
⑤奇葩:本意是指奇特而美丽的花朵,常用来比喻珍贵奇特的盛貌或非常出众的事物;亦即其词义为罕见的、特殊的、非常美丽的、出众的。汉·司马相如《美人赋》:"奇葩逸丽,淑质艳光。"

浅解:

　　饶公从特殊的视角描绘中秋赏月,既写出了月之正中,月色之迷人,亦写出自己当时的心态和状态:已过半百,阅历丰富,面对美景的心情却总是如此的相似,正道出了"岁岁年年人不同"而"年年岁岁花相似"的道理。
　　简译:秋到平分明月正好中圆,海之滨山之郭风帆峻峭。乘木筏跨银河初到此地,吃月饼饮杯酒人已半百。月出天心光辉披洒大地,寒露打身玉兔斜坠长空。巅峰耸立之树婀娜多姿,美丽之地永远如此相似。

题马守真兰卷①，櫽括②容甫③句为诗

夕韭朝菘看满田，寒流清泚④送华年。
灵思已使丛兰泣，宿恨⑤徒教子墨⑥镌。
掩抑⑦荒烟芳草陌，支离疏柳夕阳天。
浮生⑧相感⑨空啼笑，诉与哀弦⑩只悯然。

注释：

① 马守真兰卷：明·马守真《马守真墨兰图》。马守真，明代的秦淮名妓，能诗文，善歌舞，尤其擅长绘兰，自号"湘兰"。
② 櫽括：宋词中有一种奇怪的文体，叫"櫽括体"。"櫽括"一词的原义是矫正曲木的工具，而词的櫽括则是将其他诗文剪裁改写为词的形式。
③ 容甫：容甫学派创始人汪中（1745－1794）。汪中，字容甫，清代江都（令属江苏）人。
④ 清泚：清澈明净。南朝·齐·谢朓《始出尚书省》诗："邑里向疏芜，寒流自清泚。"
⑤ 宿恨：犹旧恨。旧日的仇恨。《三国志·吴书·孙辅传》"生得祖郎等"，裴松之注引晋虞溥《江表传》："尔昔袭击孤，斫孤马鞍，今创军立事，除弃宿恨，惟取能用，与天下通耳。"
⑥ 子墨："子墨"一词语出《汉书·扬雄传下》："故藉翰林以为主人，子墨为客卿以风。"为扬雄作品中虚构的人名，无意义。后以"翰林子墨"、"子墨客卿"泛指辞人墨客。
⑦ 掩抑：压抑使低沉。唐·白居易《琵琶行（并序）》："弦弦掩抑声声思，似诉平生不得志。"
⑧ 浮生：指人生。典出《庄子·外篇·刻意》："其生若浮，其死若休。"
⑨ 相感：相互感应。《易·系辞下》："往者屈也，来者信也，屈信相感而利生焉。"
⑩ 哀弦：悲凉的弦乐声。三国·魏·曹丕《善哉行》："哀弦微妙，清气含芳。"

浅解：

  此诗为题画诗，饶公借墨兰画感悟人生奥理。草木依旧繁茂，流水总是明净，只有老去的年华随时光而流逝，刹那间悲从中生，沾露之兰草仿佛正在抽泣，眼前景物陷入了低沉抑郁之境，岁月如此易逝，生命如此无力，一切让人迷惘。

  简译：夕之韭朝之菘满田遍地，冷流清澈明净送走华年。思绪如兰草沾露般抽泣，旧日之恨徒让文人铭刻。荒烟低沉抑郁芳草阡陌，夕阳下柳絮稀疏分散飘飞。人生共鸣让人哭笑不得，悲凉弦乐诉说只有惘然。

花　　时①

花时把酒且栖迟②，雨夕将春苦护持。
倩影梦随帘押转，流光③意共縠纹④驰。
风行天上已如涣⑤，水到渠成非出奇。
几缕炉烟刚破晓，绊愁惟有柳如丝。

注释：

①花时：百花盛开的时节。常指春日。唐·杜甫《遣遇》诗："自喜遂生理，花时甘缊袍。"
②栖迟：游玩休憩。《后汉书·张衡传〈思玄赋〉》："淹栖迟以恣欲兮，耀灵忽其西藏。"
③流光：时光。唐·李白《古风》："逝川与流光，飘忽不相待。"
④縠纹：绉纱似的皱纹。常用以喻水的波纹。
⑤"风行"句：涣卦是易经六十四卦第59卦。风水涣（涣卦）拯救涣散，属下下卦。象曰：隔河望见一锭金，欲取岸宽水又深，指望资财难到手，尽夜资财枉费心。这个卦是异卦（下坎上巽）相叠。风在水上行，推波助澜，四方流溢。涣，水流流散之意，象征组织和人心涣散，必用积极的手段和方法克服，战胜弊端，挽救涣散，转危为安。

浅解：

繁花盛开时节，即是春意黯然之时，一切停止流散，转而为安。把酒言欢，愁苦如同柳树之丝般细微，令人暂时舒缓。

简译：花盛时节借酒游玩赏略，暮雨苦心照料春天之景。美丽花影随同帘席飘转，美好时光随同水波驰骋。风行天上如同四方流溢，水到渠成不必如此惊讶。几缕炉烟徐上天刚破晓，羁绊离愁宛若柳树之丝。

忼烈①书来云，余近诗颇具一格，兆杰复译余句以证沧浪②之说，书此谢之

山程③水驿④首重回，散帙⑤新诗费别裁⑥。
溅泪春花休更落⑦，鸣条⑧秋鸟自生哀。
开帘燕子因风入，扫地猧儿⑨趁客来。
闲里方知身似画，疏疏试点石间苔。

注释：

①忼烈：罗忼烈，1918年生，广西合浦人。1940年毕业于中山大学文学院中文系，曾任教培正中学、罗富国师范学院、香港大学、香港中文大学、澳门东亚大学，对诗、词、曲和文字学、训诂学、古音学深有研究。1983年从港大退休，曾指导硕士、博士生。著有《周邦彦清真集笺》《话柳永》《北小令文字谱》《元曲三百首笺》《词曲论稿》《诗词曲论文集》《两小山斋论文集》《两小山斋乐府》等。2009年6月12日，罗忼烈逝世。

②沧浪：严羽，南宋诗论家、诗人。字丹丘，一字仪卿，自号沧浪逋客，世称严沧浪。

③山程：山间的路程。唐·皇甫曾《乌程水楼留别》诗："山程随远水，楚思在青枫。"

④水驿：水驿，是以船为主要交通工具的驿站。

⑤散帙：打开书帙。亦借指读书。《文选·谢灵运〈酬从弟惠连〉诗》："凌涧寻我室，散帙问所知。"

⑥别裁：鉴别裁定优劣，决定取舍（多用作诗歌选本的名称，如清·沈德潜编有《唐诗别裁集》《明诗别裁集》等）。

⑦"溅泪"句：因感叹时事，见到花也会流泪。化用唐·杜甫《春望》："感时花溅泪，恨别鸟惊心。"

⑧鸣条：指风吹树枝的发声。西晋·陆机《猛虎行》："崇云临岸骇，鸣条随风吟。"

⑨猧儿：小狗。宋·范成大《题汤致远运使所藏隆师四图·倦绣》诗："猧儿弄暖缘堦走，花气熏人浓似酒。"

浅解：

严沧浪论诗立足于"吟咏性情"，饶公前诗应是性情之作，此诗回谢罗忼烈之辞。诗中借恬淡脱俗之风阐述了自己对诗歌冲淡平和诗意的追求，对真性情以及独立自我精神的推崇。

简译：重新回归山间水路之境，赋作新诗优劣劳费斟酌。溅泪春花休要在此凋零，风拂树枝秋鸟自然哀伤。敞开窗帘燕子随风而入，小狗趴在地面迎客而来。闲暇方知自己如在画中，疏疏朗朗点缀石间苔藓。

连夕寒雨，溪涨数尺，满地黄流，和义山①三首

霄来雨脚②大于弦，羁泊琴书老岁年。
望远无心甘化蝶，思归有梦托啼鹃。
平芜千里同倾泪，寒食万家尚禁烟。
忍看飞红随汐去，江皋③何处觅嫣然④。

时值回人斋节。

注释：

①义山：李商隐，字义山，号玉溪生，唐朝河南荥阳（今河南郑州荥阳市）人，原籍怀州河内（今河南省焦作市），唐朝著名诗人。
②雨脚：密集落地的雨点。唐·杜甫《茅屋为秋风所破歌》诗："雨脚如麻未断绝。"
③江皋：江岸，江边地。
④嫣然：美好貌。南朝·梁·沈约《四时白纻歌·夏白纻》："嫣然宛转乱心神，非子之故欲谁因。"

浅解：

此诗和李商隐《锦瑟》一诗，饶公此诗亦是对年华的思忆和对身世的感伤，他乡游子，孤独寂寞之感比一般人要更深、更真切，流露出的感情更凄凉、更无奈。

简译：随云飘行雨丝大于弦丝，羁旅琴书相伴迈入老年。无心翘首望远甘心化蝶，思念乡土唯让杜鹃托梦。千里荒凉平芜让人倾泪，回人斋节万家尚在禁烟。忍看飘零落花随潮汐去，江边何处寻觅美好之物。

无端天鼓浪和风，初月未生露井东。
别意可堪洲渚①隔，离心直共海潮通。
他乡土室虚生白②，故国霜林欲变红。
半晌阴晴难逆料③，不劳膏沐感飞蓬④。

回俗见月始许进食。

注释：

①洲渚：水中小块陆地。《文选·左思〈吴都赋〉》："岛屿绵邈，洲渚冯隆。"
②土室虚生白：心无任何杂念，就会悟出"道"来，生出智慧。也常用以形容清澈明朗的境界。《庄子·内篇·人间世》："瞻彼阕者，虚室生白，吉祥止止。"
③逆料：预料。清·李渔《比目鱼·奏捷》："计算神明胆气雄，逆料多奇中。"
④"不劳"句：膏沐，古代妇女润发的油脂。飞蓬，飞散的蓬草。多用于表达思念之意。《诗·卫风·伯兮》："自伯之东，首如飞蓬，岂无膏沐，谁适为容？"

浅解：

此诗描写思念家乡的感情变化，诗中从眼前夜景写起，接着写风浪、初月、露井、洲渚、海潮、土室、阴晴，再由异乡之景联系到家乡之物，感慨人生"难逆料"，漂泊生活无法避免的遗憾。

简译：无端天空鼓起了浪和风，初月尚未升起露井之东。离别之情哪堪水陆相隔，离心似箭真与海潮相通。异乡简陋之室清静明朗，故国经霜林木将要变红。半日阴晴变化难以预料，不必烦劳膏沐滋润蓬草。

隔帘相望见应难，蔓草污泥鸟啄残。
平野川流开地阔，满林风战怯声乾①。
纷纷丛箨②望秋坠，滴滴空阶③到枕寒。
赢得沾衣人独立，明朝桑海不堪看。

注释：

①乾：《易·说卦传》："乾，天也。"

②丛箨：竹笋外层一片一片的皮、笋壳。

③滴滴空阶：描写雨声。空阶，空荡荡的一个台阶，没有来人。唐·温庭筠《更漏子》："一叶叶，一声声，空阶滴到明。"

浅解：

　　半夜雨落，一直滴到天明，饶公彻夜无眠，隔窗望远，却不忍相望，思乡之情难以排解，孤独冷寂之感油然而生。

　　简译：隔着窗帘相望而见很难，污泥杂草丛生鸟儿啄残。平野川流不息地势开阔，满林风声如怯上天惊动。笋壳竹衣纷纷迎秋而坠，夜雨滴落空阶枕边冷寂。沾衣换来了人单独而立，明朝沧海桑田不忍入目。

峇厘岛杂咏

爪哇东 Bali 岛，今译峇厘。印尼当马打蓝（Mataram）时代，达伦马旺夏（Dharmmawangsia）王朝势力，已伸展及该岛。全岛居民，虔奉婆罗门教，及今不坠。《永乐大典》引元《南海志》："阇波国管大东洋，有孙条、琶离。"琶离其即 Bali 乎？爪哇明初交易行使汉钱（《瀛涯胜览》）。一八六〇年，日惹（Jogjakarta）曾发现宋钱（见一八九九年《通报》），至今峇厘岛上清铜钱甚多；儿童拾取，或以编成工艺品。现有华人约一万二千人，所在立庙，计有十所，闻有建于嘉庆间者。观览所及，在 Kuta 之公祖庙，有光绪五年楹联，在 Tahanam 之真人宫，华人聚居盈千，闻将近二百年云。

Klung Kung^① 道中

似奕长安②在日边，山花山果劝流连。
交加涧壑③天仍隔，裼祖④人家地自偏⑤。
海近飞鸢⑥惊跕跕，林深众濑⑦竞浅浅。
厚坤⑧久裂烦真宰⑨，欲铲群峰尽作田。

余于一九七二年六月，薄游斯岛。始至，导游者为驱车自 Den Pasar 遵海岸东行，经 Klung Kung 市，已夕阳西坠，不及睹其地古代法庭壁上之名绘，诚交臂失之。岛上少女大都披上装，惟老妇未弃旧俗，而画家已无所取材矣。岛多火山，居民祈禳禳灾，故事神弥谨。

注释：

①Klung Kung：皇宫位于巴厘岛东部交通要冲的 Klung Kung，官方名称是 Semarapura，但人们还是惯于称呼它克隆宫。
②似奕长安：如同棋盘对奕之长安。唐·杜甫《秋兴》诗其四："闻道长安似弈棋，百年世事不胜悲。"
③涧壑：山涧沟谷；溪涧山谷。宋·苏轼《虎丘寺》诗："阴风生涧壑，古木翳潭井。"
④裼祖：露出身体。

⑤地自偏：住在偏僻的地方。晋·陶渊明《饮酒》诗其五："问君何能尔，心远地自偏。"

⑥飞鸢：飞翔的鸢。《后汉书》卷二十四《马援传》："仰视飞鸢砧砧堕水中。"

⑦众濑：从沙石上流过的水。

⑧厚坤：指大地。唐·杜甫《木皮岭》诗："仰干塞大明，俯入裂厚坤。"

⑨真宰：宇宙的主宰。《庄子·齐物论》："若有真宰，而特不得其朕。"

浅解：

饶公领略克隆宫途中乡野之景，用似奕长安、山花山果、交加涧壑、禓袒人家、飞鸢、众濑等意象展现峇厘岛上的天然风光与淳朴民风，反映当地欣欣向荣的祥和氛围。

简译：日光之下如同长安对奕，山中花果令人流连忘返。溪涧沟谷错交与天相隔，地处偏僻民风坦荡自在。邻近大海鸢鸟砧砧惊飞，山林深邃入海水浅湍急。大地劈开已久劳烦真宰，铲平群峰尽作肥沃耕田。

Kusamba 蝙蝠洞

法音①无暇分晨晦,枯树早先契道机②。
月黑群飞出死窟,柯黄③众藓护神扉。
川流人代④惊何速,风急林鸦晚待归。
尘世纷更无足怪,野花冷淡自成围。

  有庙临海,疏林黝洞,蝙蝠出没其中,故以 Goa(洞)Lawah(蜘蛛)为名。东坡句云:"奈何放燕幅,屡欲争晨晦。"借以发端。旧传南海之滨,有一枯树,五百蝙蝠于中穴居,为火所困,闻诵《阿毗达摩藏》,爱其法音而不去,遂证圣果。迦腻色迦王(Kaniska)招集五百贤圣作《毗婆沙论》,即枯树中之五百蝙蝠也。详玄奘《大唐西域记·健驮逻国》。

注释:

①法音:即佛法。
②道机:谓出尘修道的灵机。唐·刘禹锡《裴祭酒尚书见示寄王左丞高侍郎之什命同作》诗:"早宜阅人事,晚怀生道机。"
③柯黄:草木枯黄的枝茎。
④人代:人世。唐·杜甫《三川观水涨二十韵》诗:"声吹鬼神下,势阅人代速。"

浅解:

  此诗借蝙蝠悟佛法之理阐述人生道理,人世如逝水般易逝,尘世变乱更易早已看惯,唯有淡忘才能保全其身,保持独立之精神。
  简译:法音没有闲暇分辨晨昏,枯萎之树却能先悟天机。月色暗淡蝙蝠飞出窟洞,枯黄藓苔守护佛道门扉。人世如同逝水如此飞速,日暮风急林鸟等待归还。尘世变乱更易不足为奇,野花淡忘自我蔓延生长。

Besakih 庙①

如戟庙扉两扇分，三成坛宇②即昆仑。
心诚帛氎③勤供奉，目击蓬瀛④惬道存。
连峒黄茅通到海，趁墟青箬⑤自成村。
世间难觅桃源路，愁绝斜阳日叩门。

　　岛上庙宇，以位于 Gunung Agung（崇山）之 Besakih 为最古。其庙门之制，仿浮屠分为两扇而中虚之。全岛神庙前门之阙皆仿此。庙最高处为迷庐山（Merus），为故王统治威力之象征，殿墓亦在焉。《尔雅·释丘》："三成为昆仑丘。"庙以三色成畤，其北黑色，祀毗湿奴（Vishnu），其中白色，祀湿婆（Siva），正南红色，祀婆罗门（Brahman），印度三合之教也。以生、护、破坏为一体。庙祝衣白氎，号曰 Pamangkus，犹印度之婆罗门徒矣。

注释：

①Besakih 庙："百沙基"就是闻名的圣母庙，在峇里人心目中的地位亦同样高人一等，是峇里六大寺庙之一，终年香火不断，亦是全峇里最大的寺庙。神庙中最为著名的当属拥有千年历史的百沙基陵庙，陵庙建在称为"世界的肚脐"的阿贡火山山坡上，是巴厘岛上最雄伟、最神圣的寺庙，专祀这座间歇喷发的火山之神。
②坛宇：祭祀的坛常。《汉书·礼乐志〈郊祀歌〉》："神之揄，临坛宇。"
③帛氎：云南境内少数民族织制的一种布。《后汉书》卷八十六《西南夷传哀牢夷传》："知染采文绣，罽氎帛叠，兰干细布，织成文章如绫锦。"也作"帛氎"。
④蓬瀛：蓬莱和瀛洲。神山名，相传为仙人所居之处。亦泛指仙境。晋·葛洪《抱朴子·对俗》："（得道之士）或委华驷而辔蛟龙，或弃神州而宅蓬瀛。"
⑤青箬：箬竹的叶子。箬竹叶大质薄，常用以裹物。唐·柳宗元《柳州峒氓》诗："青箬裹盐归峒客，绿荷包饭趁虚人。"

浅解：

　　临庙宇，而令饶公虔诚推心，惬意悟道，心境自然明净，感叹世间如此之桃源圣境难以寻觅，人世纷扰令人忧愁。

　　简译：庙门势如戟矛两扇分立，坛宇三色成畤为昆仑丘。心中虔诚帛叠时常供奉，面临蓬瀛仙境惬意悟道。黄茅源连山洞直通大海，箬竹叶子趁墟自成村落。世间难以寻觅桃源路径，忧愁蔓延斜阳叩起门扉。

Bangli 树钟

历劫清钟散大悲①，遐方②日月识盈亏。
云蒸布愿流甘雨，鸟散潜虚③冷碧墀④。
独树孤骞⑤扶愈直，九天⑥弥望覆无私。
一诗聊结忘年契，芳沼垂杨绿满篱。

  Bangli 之 Sidam 庙，有大榕树，盘郁高耸，其上筑室如巢，以贮大钟 (Tree Bell)。

注释：

① 大悲：佛教语。救人苦难之心，谓之悲；佛菩萨悲心广大，故称大悲。常与大慈连用。《大智度论》卷二七："大慈大悲者，四无量心中已分别，今当更略说：大慈与一切众生乐，大悲拔一切众生苦。"
② 遐方：遐方犹指远方，即遥远的地方。汉·扬雄《长杨赋》："是以遐方疏俗，殊邻绝党之域，自上仁所不化，茂德所不绥，莫不跻足抗手，请献厥珍。"
③ 潜虚：深入隐秘之地。
④ 碧墀：美称青石台阶。亦指殿堂的玉石台阶。唐·刘禹锡《葡萄歌》："野田生葡萄，缠绕一枝蒿，移来碧墀下，张王日日高。"
⑤ 孤骞：同"孤鶱"。独自飞翔。南朝·梁·沈约《销声赞》："若人焉往？斯理空存。天标已暧，绝羽孤鶱。"
⑥ 九天：天之极高处。

浅解：

  清钟置于榕树上，人抬头而望，将天地之景亦囊括眼中，令人心胸坦荡而清新。
  简译：历劫磨难清钟救苦救难，远方日月识知盈满亏缺。云气蒸腾催落及时之雨，飞鸟潜入深处玉阶冰冷。独树孤鸟扶摇直上而飞，放眼眺望高空心胸坦荡。赋作一诗暂时忘记年岁，沼地低垂杨树绿满篱笆。

Batur 山^①远望

谷狈山狂大泽焚,风行波细复成文。
崖焦黄炙岭头热,地迥碧添湖外云。
暂付诗心追寂寞,欲呼雾豹^②隐氤氲^③。
天南重咏陆浑火^④,春暖桃花水上曛。

  是处火山,海拔二三四百公尺。一九一七年地震山崩,坍屋六万五千,毁庙以百数,死人逾千,惟 Batur 附近诸村无恙。村临大湖,杂植卉木,其屋以黄红青诸色石砌成,绚美可爱。有不缰之马,以供驰骋,游人多乐趋之。

注释:

①Batur 山:巴杜尔(Gunung Batur)火山位于巴厘岛的东北部。巴杜尔火山在 1917 年、1926 年以及 1963 年曾经发生过三次猛烈的爆发,这之后岩浆便吞噬了整个巴杜尔村庄。由于火山口积水,形成了巴厘岛境内最大的湖泊巴杜尔湖,而该湖相传是女神 Danu 的栖息之地。因此,虽然不是排名第一的火山,但巴杜尔火山和巴杜尔湖却是巴厘岛的标志之一,成了著名的旅游景点。
②雾豹:汉·刘向《列女传·陶答子妻》载,答子治陶三年,名誉不兴,家富三倍。其妻谏曰,能薄而官大,是谓婴害,无功而家昌,是谓积殃。南山有玄豹,雾雨七日而不下食者,欲以泽其毛而成文章也,故藏而远害。后因以"雾豹"指隐居伏处,退藏避害的人。
③氤氲:湿热飘荡的云气。南朝·陈·徐陵《劝进梁元帝表》:"自氤氲混沌之世,骊连、栗陆之君,卦起龙图,文因鸟迹。"
④陆浑火:此指火山爆发。语出唐·韩愈《陆浑山火和皇甫湜用其韵》。

浅解:

  饶公临 Batur 山,回忆发生于此的灾难,感叹 Batur 附近诸村村民无恙之幸,亦赞叹 Batur 山色的绚烂美丽。
  简译:谷艰狠山狂热大泽焚毁,风吹拂水波细赋成诗文。崖壁烤成蕉黄山岭炙热,大地遥远碧绿衬着湖云。暂且赋作诗歌聊解寂寞,想要呼唤隐伏雾豹云气。南地重咏陆浑山火诗韵,春天日暖桃花水上曛香。

象　　洞

野水峥泓①迥出尘，萧疏②丛竹欲依人。
圆荷经雨初沾袂，方沼藏晖不当春。
藼迹③先朝空幻灭，知津④穷照更谁因。
山丘华屋应同感，扪象⑤花前付浅顿⑥。

洞位于Bedulu村，依巉岩以凿洞。由镌铭知为十一世纪东爪哇爱儿棱伽（Erlangga）王朝旧迹，王即诞生于峇厘者也。此地向为僧人栖息之所，称为Goa（洞）Gadjah（象）者，以象洞得名。旧址尽埋土中，近始发现。

注释：

①峥泓：即"泓峥"。幽雅恬静。清·黄遵宪《诸君子约游后乐园，即源光国旧藩邸感而赋此》诗："泓峥萧瑟不可言，周遭水木围亭轩。"
②萧疏：稀疏；稀少。清·黄遵宪《人境庐杂诗》其八："杨梁诸子好，踪迹亦萧疏。"
③藼迹：遗址埋于土中。
④知津：知道、认识渡口。犹言识途。三国·魏·何晏《论语集解》中转引马融曰："言数周流，自知津处。"
⑤扪象：摸象。
⑥浅顿：浅笑。"顿"同"䫂"。

浅解：

象洞出尘脱俗，幽雅恬静，千百年来看尽人世更替，饶公于此追忆东爪哇爱儿棱伽（Erlangga）王朝幻灭之事，结尾之处"山丘华屋应同感，扪象花前付浅顿。"颇似杨慎《临江仙》所述："是非成败转头空，青山依旧在……古今多少事，都付笑谈中""扪象花前付浅顿"把历代兴亡、英雄成败，当作谈资笑料用来助兴。一个"笑"字，表明诗人对世事的鄙夷、对荣辱的轻蔑。

简译：旷野之流幽静出尘脱俗，稀疏之竹想要依恋路人。经雨圆融之荷沾湿衣袖，沼洼藏晖不当美好春色。王朝破灭旧迹埋于土中，无法找到归路究竟何因。山丘华屋应能感同身受，花前抚象且付笑谈之中。

Tenganan① 古村落

千村暮色入昏黄，茧足②荒山问上皇③。
从古土阶轻黼黻④，弥天乔木尽文章。
公田雨我堪重咏，广乐⑤声希可止狂。
欲向丹丘⑥寻不死，漫从神禹⑦裸人乡。

此为岛上最古村落，百余年前尝大火，现有村民三百八十人。耕田以百分之二十为公有。薄暮往访焉，听村民敲击古乐，清省无繁促之调，真三叹有遗音者矣。

注释：

① Tenganan：登安南（Tenganan）是峇里少数原住民村之一，这原住民倒不是土生土长的部族，而是15世纪当回教势力入侵爪哇，导致Majapahit王朝瓦解之际，纷纷避难而来的。
② 茧足：即"胝肩茧足"。指艰辛劳作。明·宋濂《瞿员外墓志铭》："凡负贩者必多给其直，家人怪问其故，府君曰：'彼人胝肩茧足以求升合利，吾忍与之较耶？'"
③ 上皇：即天帝，此指与大自然抗争。
④ 黼黻：古代衣服边上有规律的"黑白""黑青"相间的花纹，多指官服。此指雍容华贵的装饰。
⑤ 广乐：称美雅乐。晋·葛洪《抱朴子·尚博》："真伪颠倒，玉石混淆，同广乐于桑间，钧龙章于卉服，悠悠皆然，可叹可慨者也。"
⑥ 丹丘：说中神仙所居之地。《楚辞·远游》："仍羽人于丹丘兮，留不死之旧乡。"
⑦ 神禹：即夏禹，此代指此村落的古老。

浅解：

饶公夜晚访古村落，听"村民敲击古乐，清省无繁促之调"，宛如进入不死仙境，洒脱而愉悦。

简译：千村伴随暮色进入黄昏，辛勤劳作只为开荒辟地。自古居室简陋没有丽色，弥天乔木才是吟咏所属。雨落公有耕田令我兴起，奏响声轻雅乐令我平静。想去仙地觅得不死之身，姑且融入古村裸人之乡。

Tirta Umpul 陵寝

此地从来古战场,诸陵风雨郁苍茫。
钧天①精爽桄榔②外,灵府清凉甃井③旁。
越陌度阡④情似昔,怀乡去国意难忘。
女墙⑤寄托惟朝菌⑥,逝水流哀送夕阳。

地在 Tampak—siring 宫之下,Tepasana 陵墓在焉。相传为古 Magadewa 王与 Batara Indra 之战场。有天然井水,居民以为汤沐圣地,男女每裸浴其中。

注释:

①钧天:天的中央。古代神话传说中天帝住的地方。《吕氏春秋·有始》:"中央曰钧天。"
②桄榔:桄榔为棕榈科桄榔属植物,乔木状,多生于密林中,具有较高的经济价值,亦为园林中良好的观形、观叶、观果植物。中南半岛及东南亚一带盛产。
③甃井:挖井之后的一道工序,为了防止壁井坍塌,围绕井口四周向外开挖(0.2~0.3)米左右的空间,一直挖到较硬的生土或者是含有姜疙瘩石的层面,然后,用砖或石头压缝层层往上垒砌。
④越陌度阡:征战四方。此指跨过南北之地。出自三国·魏·曹操《短歌行》:"越陌度阡,枉用相存。"
⑤女墙:女儿墙在古代时叫"女墙",包涵着窥视之义,是仿照女子"睥睨"之形态,在城墙上筑起的墙垛,所以后来便演变成一种建筑专用术语。特指房屋外墙高出屋面的矮墙。
⑥朝菌:指某些朝生暮死的菌类植物,后遂以"朝菌"借喻生命极为短暂。典出《庄子集释》卷一上《内篇·逍遥游》:"朝菌不知晦朔,蟪蛄不知春秋。"

浅解:

古战场地陵寝林立,让人能够感受到当年战士征战四方的豪情以及背井离乡的无奈。当年之事恍若云烟消逝，让饶公感觉时光易逝，忧从中来。

简译：此地为著名的古代战场地，众陵寝风雨中郁着苍茫。繁密桄榔之外天地精爽，灵府坐落月清凉水井之旁。横跨南北此情如同往昔，离开故国难忘家乡之情。矮墙唯与朝菌相互依靠，逝水流露悲哀护送夕阳。

斗　鸡

山川断取^①豁灵襟^②，最爱淳风^③太古心^④。
乐此斗鸡存旧俗，喜无射雉贼珍禽。
退之应怯赓联句，杜老徒矜树栅吟。
自惮文牺^⑤甘曳尾^⑥，寒江注目暮云深。

　　Gianjar镇为峇厘岛斗鸡最有名之地。韩愈、孟郊以斗鸡联句，杜甫《催宗文树鸡栅》，于鸡俱有所钟，惜乎未睹此也。

注释：

①断取：截取。宋·王安石《纯甫出释惠崇画要予作诗》："颇疑道人三昧力，异域山川能断取。"
②灵襟：胸怀。唐太宗《初春登楼即目观作述怀》："凭轩俯兰阁，眺瞩散灵襟。"
③淳风：敦厚古朴的风俗。晋·葛洪《抱朴子·逸民》："淳风足以濯百代之秽，高操足以激将来之浊。"
④太古心：指怀有远古仁人之心。
⑤文牺：身披彩绣以备宰杀供祭祀用的牛。语本《庄子·杂篇·列御寇》："或聘于庄子，庄子应其使曰：'子见夫牺牛乎？衣以文绣，食以刍叔，及其牵而入於太庙，虽欲为孤犊，其可得乎？'"后用以喻仕宦虽享厚禄，终必罹祸。此指闲逸生活。
⑥曳尾：咏雅逸生活。《庄子·外篇·秋水》："庄子钓于濮水，楚王使大夫二人往先焉，曰：'愿以境内累矣！'庄子持竿不顾，曰：'吾闻楚有神龟，死已三千岁矣，王以巾笥而藏之庙堂之上。此龟者，宁其死为留骨而贵乎，宁其生而曳尾于涂中乎？'二大夫曰：'宁生而曳尾涂中。'庄子曰：'往矣！吾将曳尾于涂中。'"

浅解：

　　饶公向来向往敦厚古朴、恬静雅逸之生活，斗鸡之旧俗令其心中的此种想法更加强烈，惋惜自己无法亲眼一睹，竟为自己可能无福享受如此美好的生活而暗生忧愁。

简译：山川截断令人心胸开阔，最爱敦厚古朴仁人之心。遗留斗鸡作乐之旧风俗，幸喜没有残杀珍禽的贼人。韩退之应不敢贸然联句，杜工部只能纠结树栅之吟。自觉畏怯此等雅逸生活，注目寒江之上暮云深沉。

观 舞

皓齿①青眸②映碧波，衣香鬓影③似南柯④。
无丝急鼓多催衮⑤，有泪柔肠定婩娟⑥。
豪荡草书忆浑脱⑦，悠扬灯火梦婆娑⑧。
由来观舞虽填咽⑨，奈此风尘颎洞⑩何。

　　岛上少女，演宫廷舞，赏其手挥目送，泂乎神境，盖非童而习之，不能细腻如是也。昔张旭观剑器裈脱之蔚跂，而草书长进；今余于此，观舞者动作入微，俨如镂金戛玉，于倚声宕折吞吐之理，别有会心，喜极遂赋。舞乐杂金革及管，而少用丝，不闻繁弦，而有促拍，尤为神往。

注释：

①皓齿：雪白的牙齿，出自《楚辞补注》。
②青眸：清亮的黑眼珠。《艺文类聚》卷六十一引汉·刘桢《鲁都赋》："蛾眉青眸，颜若霜雪。"
③鬓影：鬓发的影子。唐·骆宾王《在狱咏蝉》："那堪玄鬓影，来对白头吟。"
④南柯：南柯，意为南面的一棵大树，也就是梦中的"南柯郡"。取自成语"南柯一梦"。原意是指在南面大树下做的一场美梦，后来常比喻世事如梦，富贵易失，一切都是空欢喜。
⑤催衮：指舞蹈。衮遍，乐舞名词。大遍中的一遍。每套大曲由十多遍组成，各立名称，唱全各遍的称大遍。
⑥婩娟：又作"婩嫇"。对事情犹豫不决，抱有模棱两可的态度。唐·韩愈《石鼓歌》："中朝大官老于事，讵肯感激徒婩嫇。"
⑦浑脱：浑脱舞原名《泼寒胡戏》，又名《苏幕遮》（波斯语"披巾"）。北周及初唐舞蹈。出自伊朗，由龟兹传入中原。北周大象元年腊月在正武殿上使胡人作此舞，以水互浇身子，谓之乞寒。唐代以武后、中宗时为最盛行、不但都市相率为之，宫廷中亦舞《浑脱》。
⑧婆娑：婆娑，盘旋舞动的样子。《诗·陈风·东门之枌》："子仲之子，婆

婆其下。"
⑨填咽：充满空间。形容声响很大。《花月痕》第九回："远远的听得人语喧哗，鼓声填咽，正是龙舟奋勇竞渡之时。"
⑩风尘澒洞：指历史中战乱烽烟弥漫。唐·杜甫《观公孙大娘弟子舞剑器行并序》："五十年间似反掌，风尘澒洞昏王室。"

浅解：

  饶公观舞，追忆唐人张旭观看公孙大娘弟子舞剑器悟得草书技法之事，感叹优美舞蹈本是赏心悦目之事，却奈何历史战乱风尘令人黯然神伤。诗歌通过歌舞的事，反映兴衰治乱的历史，与杜甫诗《观公孙大娘弟子舞剑器行并序》类同。

  简译： 皓齿青眸映着清碧水波，衣香鬓影宛若南柯之梦。无琴弦急击鼓舞动身姿，感伤涕泪柔肠令人犹豫。草书豪荡之势追忆《浑脱》，灯火悠扬之境婆娑起舞。向来观舞虽然气势宏大，怎奈世间战乱烽烟弥漫。

Toba 湖绝句

　　印尼之 Danau（湖）Toba，或译作都拍湖，以 Toba 族得名。在苏门答腊之北，去棉兰一百七十四里。驱车经 Pematang Siantar（汉名先达），即抵湖区。华人呼为淡水湖。波澄如镜，群山环绕，峭壁耸立。湖长八十公里，东南亚大泽无出其右者。客岁壬子往游焉，忻然有结庐之想。去湖不远为峇达山（Batak 或译作摩达山），亦游踪所及。先后得绝句二十章，陶铸风物，澡雪精神，山水有灵，倘惊知己。聊复录之，以示同好云。

　　　　大荒①棋布岛三千，拍岸遥波断复连。
　　　　波外有山堪插鬓，残云疑接混茫②前。

　　印度尼西亚全境，有岛屿三千，星罗棋布。

注释：

① 大荒：指边远荒凉的地方。以"大荒"命名的地区或者国家通常都是极指其偏远荒凉。
② 混茫：混沌蒙昧。指上古人类未开化的状态。《庄子·外篇·缮性》："古之人，在混茫之中。"

浅解：

　　此诗描绘了印尼都拍湖之景，三千岛屿湖水环绕，水势湍急波涛拍岸，山峦嵌入其中，残云浮沉于开阔天际。
　　简译：大荒星罗棋布岛屿三千，远近波涛拍岸断了又连。波外山耸有如嵌入鬓角，残云疑似接连混沌之天。

　　　　管领①湖光一日强，未输濯足问沧浪②，
　　　　天教活国烹鲜手，来试鱼羹十里香。

都拍湖以烤鱼著名，临湖列食肆数十。

注释：

①管领：领略，领会。唐·白居易《题小桥前新竹招客》："管领好风烟。"
②濯足问沧浪：出自屈原沧浪濯足之典故。本谓洗去脚污，后以"濯足"比喻清除世尘，保持高洁。《楚辞补注》卷七《渔父》："沧浪之水清兮，可以濯吾缨；沧浪之水浊兮，可以濯吾足。"

浅解：

饶公领略Toba湖风景，享受当地最有名的烤鱼名菜，竟觉得此种心境不亚于当年屈原濯足出尘之事，亦可体现当地超凡脱俗之境。

简译：一日之内领略湖边风景，未比沧浪濯足之事相差。上天示"我"这治国烹鲜手，来此尝试十里溢香鱼羹。

树态①河声②自不同，小舟如剪快追风。
缘源③忽失村前路，春在波明叶暗中。

湖水源出东南Asahan河。

注释：

①树态：大树的风姿。
②河声：河流水声。
③缘源：沿着河流的源头而走。

浅解：

泛舟而行，此诗描绘出湖水以及岸边的景色。两岸树展风姿，河水清灵流动，村路忽现忽隐，水波枝叶暗藏着春天的气息。

简译：树姿流水自然与众不同，小舟行如剪刀快追疾风。沿着河源忽然失去村路，春天就在波叶明暗之处。

　　　　从谁买得画中山，湖海英灵①聚此间。
　　　　孤屿中川添妩媚②，一船山影载人还。

　　湖中央孤岛 Samosir，广袤比新加坡国境，殆有过之。

注释：

①英灵：英明灵秀。
②妩媚：指柔媚的风格。明·宋濂《题魏受禅表后》："笔法劲拔，如铸铁所成，盖得蔡中郎之遗意，至唐人效之，则流于妩媚矣。"

浅解：

　　湖岸山峦如画，此地人杰地灵，湖中孤岛增添媚色，山影映在水中伴船而动，清新而自然。

　　简译：从谁那里买的画中之山，湖海英明灵秀聚于此地。中流孤岛平添妩媚之风，山影伴着小船载人而归。

　　　　乱峰和梦入模糊，日出汪洋锦满湖。
　　　　绣得平原何所似，山深晓不闻啼乌①。

　　湖长八十公里，日出耀金，辉碧夺目。湖边 Haranggaul，可见湖面最宽阔处。

注释：

①啼乌：即乌啼，乌鸦叫声。唐·张继《枫桥夜泊》："月落乌啼霜满天，江枫渔火对愁眠。"

浅解：

　　此诗描绘了日出之时 Toba 湖之晨景，湖水闪烁着朝阳的金色光芒，恬静而光彩夺目。

　　简译：凌乱梦幻之峰渐入模糊，朝日升起湖水平添锦绣。点缀中的平原像是什么？天渐明山深而乌鹊不啼。

情深苦被山遮断，猲獠①蕉林似解愁。
漫道抽刀能断水②，水寒仍带热情流。

注释：

① 猲獠：古代对南方少数民族的称呼。此用本意指凶狠的动物。猲，古书上说的一种兽，形状像狼，声音像猪，吃人。

② 抽刀能断水：抽出刀来要斩断流水。比喻无济于事，反会加速事态的发展。唐·李白《宣州谢朓楼饯别校书叔云》："抽刀断水水更流，举杯消愁愁更愁。"

浅解：

此诗借景抒情，人生多愁无可避免，沉浸于愁苦更加无济于事，告诫世人要看开看淡，随遇而安，如同流水一般，即使寒凉也要带着热情继续奔流，诗中富含哲思。

简译：情已至深而被山峦阻隔，猲獠芭蕉像是为我解愁。乱道抽刀能够斩断流水，水寒仍然热情奔流。

十里黄尘①酷暑熏，断崖佳气日氤氲。
诗情楠树贞林外，付与寥天日暮云。

去湖不远多火山，地下岩浆奔涌，时有浓烟冒出。李白诗："千千石楠树，万万女贞林。"

注释：

① 黄尘：黄色的尘土，此指火山灰。《后汉书》卷六十《马融传〈广成颂〉》："风行云转，匈磕隐訇，黄尘勃滃，阗若雾昏。"

浅解：

  湖边有火山活跃，湿热浓烟时常升腾，李白"千千石楠树，万万女贞林。"写出秋浦的秀色，饶公"诗情楠树贞林外，付与寥天日暮云。"写出 Toba 湖的气势。

  简译：十里火山灰尘酷暑熏热，断崖之处湿热云气蒸腾。诗情在于楠树贞林之外，托付寥天日暮之云。

手擎沧海一杯吞，积草①由来绿不蕃②。
怕就云根③寻野烧④，蛮烟⑤合处九阳奔。

  湖北面为 Sibajak 火山及 Sonahung，四周草木，因终岁硫磺所熏，皆变浅绿色。

注释：

①积草：存留野草。《管子·权修》："野不积草，农事先也；府不积货，藏于民也"。
②蕃：茂盛、蕃茂或繁多。《易·坤》："天地变化，草木蕃。"
③云根：深山云起之处。晋·张协《杂诗》其十："云根临八极，雨足洒四溟。"
④野烧：犹野火，此指火山熏烧。唐·严维《荆溪馆呈丘义兴》诗："野烧明山郭，寒更出县楼。"
⑤蛮烟：山林中的瘴气。宋·张咏《舟次辰阳》诗："村连古洞蛮烟合，地落秋畲楚俗欢。"

浅解：

  火山依旧活跃，山中瘴气致使周围如同火炉，饶公触景感叹，心忧本已熏黄的野草会因火山的喷发而荡然无存。

  简译：手擎沧海宛若一杯览尽，野草硫磺所熏无法绿透。不敢到云根处寻找野火，蛮烟聚处如九阳般火辣。

烟欺醉眼①醒调风②,影压浮萍匹练③中。
待约诗仙闲摘句,挈舟④戏唱小桃红。

太白《秋浦歌》"水如一匹练"。杨西庵有《小桃红词》。

注释:

① 醉眼:醉后迷糊的眼睛。唐·杜甫《九日登梓州城》诗:"弟妹悲歌里,乾坤醉眼中。"
② 调风:条风。八风之一。《左传·隐公五年》"夫舞所以节八音,而行八风";《唐·孔颖达疏》:"《易纬通卦验》云:'立春,调风至。'"
③ 匹练:形容流水、瀑布、光环等如一匹展开的白练或彩练。
④ 挈舟:撑船。清·龚自珍《丑奴儿令·将返羽琌别墅留别沧浪亭僧》:"佛前容我摊经坐,细剔龛灯。多谢诗僧,明夜挈舟又羽陵。"

浅解:

饶公酒醒时赏略的湖景更添迷蒙梦幻之态,波光潋滟,湖水、倩影、浮萍汇成彩练,有如李太白诗句中"水如一匹练"之景,在此唱罢《小桃红词》,恬静而脱俗。

简译:烟雾迷眼醒来条风已至,倩影浮萍汇成一匹彩练。待约诗仙李白来此觅句,撑船戏唱《小桃红词》。

数声柔橹①憺忘②归,来去春风不掩扉。
近水暝村低似岸,遥山雾柳碧成围。

湖上人家夜不闭户。隋炀帝《望海诗》曰:"远水翻如岸,遥山倒似云。"

注释:

① 柔橹:谓操橹轻摇。亦指船桨轻划之声。唐·杜甫《船下夔州郭宿雨湿不得上岸别王十二判官》诗:"柔橹轻鸥外,含凄觉汝贤。"

②憺忘：怡然忘却。楚·屈原《山鬼》："留灵修兮憺忘归，岁既晏兮孰华予？"

浅解：

　　饶公舟中领略湖岸春景，家家户户夜不闭户，昏色中村落如同水岸，柳树繁茂自成围墙，田园气息十足。

　　简译：轻划船桨怡然忘却归去，春风来去家家夜不闭户。黄昏临近水旁村低似岸，天晴遥远山峦碧柳成围。

　　　　桨边泛泛羡双凫①，飞入芦花看也无。
　　　　吹起芦笙②秋似梦，粘天③浪拥月轮孤。

　　林小眉《摩达山下即事》："芦笙吹处秋如梦，一角荒山夜有霜。"

注释：

①双凫：两只水鸟。汉·扬雄《解嘲》："譬若江湖之崖，渤澥之岛，乘雁集不为之多，双凫飞不为之少。"
②芦笙：簧管乐器。是少数民族特别喜爱的一种古老乐器之一。
③粘天：指天色与水色相近，水天有相接之感。

浅解：

　　此诗进一步描绘湖中之景，芦花满地，水鸟双飞，明月孤悬，芦笙吹起令饶公恍若梦境。

　　简译：摇曳桨橹羡慕水中双鸟，齐齐飞入芦花失去踪影。芦笙吹起秋意如同梦境，水天相接明月孤悬湖中。

　　　　丘陵浩荡趁流波，倚伏①未如客梦多。
　　　　静绕钟声无际水，涛花起处夜如何。

注释：

①倚伏：依存隐伏。明·刘基《苦斋记》："相为倚伏。"

浅解：

此诗从景物描写转为心境描述，从山水依存感叹羁旅生活之孤独无依，夜色渐浓，钟声绕水，愁苦之情暗生。

简译：丘陵连绵浩荡追逐波流，山水依存未如羁旅多梦。静默钟声环绕无际之水，浪涛拍岸之处夜色如何。

瓜皮艇子沧洲①旁，欲觅欢愉诉渺茫。
我谢波神②端作美，月明来此听鸣榔③。

湖边精舍夜宿。

注释：

①沧洲：滨水的地方。古时常用以称隐士的居处。
②波神：水神。唐·刘禹锡《贾客词》："邀福祷波神，施财游化城。"
③鸣榔：亦作"鸣根"。敲击船舷使做声。用以惊鱼，使入网中，或为歌声之节。《文选·潘岳〈西征赋〉》："纤经连白，鸣根厉响。"

浅解：

此诗描述了夜宿湖边精舍的所见所感。夜色明亮，栖宿屋中，小船停驻岸边，船夫敲击船舷，正好化解了饶公心中的迷茫，令他由衷地感叹。

简译：瓜皮之艇停驻滨水之旁，想要寻觅欢愉倾诉迷茫。衷心感谢水神化此美境，月明之夜来此静听鸣榔。

涨痕①低共日西斜，看足郊原处处花。
客路②频惊山色改，白头无复鬓堆鸦③。

湖滨花圃林立，以菊花最为可爱。

注释：

①涨痕：涨水的痕迹。宋·苏轼《书李世南所画秋景》诗其一："野水参差落涨痕，疏林欹倒出霜根。"
②客路：指外乡的路，出自唐·皇甫冉《赴李少府庄失路》："月照烟花迷客路，苍苍何处是伊川？"
③鬓堆鸦：形容鬓发鬓黑如鸦色。

浅解：

　　Toba湖滨百花绽放，菊花遍野，黄昏时分更为山中增色，繁盛气息令饶公产生心理落差，暮年已至，时光不再重来。
　　简译：涨水痕迹与日一并倾斜，郊外原野花儿处处绽放。客路山色变化令人惊讶，鬓角渐白不再黑如鸦色。

　　　　败墟黟面①语侏离②，枯栅红裳入画宜。
　　　　赖有春风勤拂拭，湖阴③爱读小眉诗。

　　小眉为林景仁号，著有《摩达山漫草》，诗为妇张馥瑛居棉兰时作，集中咏是山景物极工。观市句云："黟面败墟多鬼趣，红裳枯栅作幽春。"馥瑛今年七十余，亦能诗，余识之棉兰张氏第宅中。

注释：

①黟面：指废墟暗淡残破之景。
②侏离：用以鄙称外国人，此指异国风俗。
③湖阴：湖的南边。《宋史·苏过传》："（过）遂家颍昌，营湖阴水竹数亩，名曰小斜川，自号斜川居士。"

浅解：

　　湖边败墟暗淡不复往日，然此种境地为画家最喜，春暖万物朝气蓬勃，令饶公想到了小眉咏山景之诗。

简译：异国朽败之墟暗淡残破，枯栅红衣最宜创作成画。有赖春风时常吹拂擦拭，湖之南面喜吟小眉之诗。

> 宁无宋玉①解招魂，穹谷②深林鬼火③屯。
> 象阵④兵销⑤千载后，残钟依旧挂黄昏。

T. G. Frazer 在《金枝》（*Golden Bough*）卷三，记此地土人招魂习俗。其辞曰："魂兮归来！曷游荡于茂林深山些，抑穷谷之中些！"颇类楚辞。峇达山东接亚齐（Atjih），其民剽悍好斗。今存铜钟，为明成化七年铸。

注释：

① 宋玉：又名子渊（约前298—约前222），汉族，东周战国时郢中（今荆门钟祥人）人，楚国辞赋作家。生于屈原之后，或曰是屈原弟子。曾事楚顷襄王。好辞赋，为屈原之后辞赋家，与唐勒、景差齐名。
② 穹谷：深谷。《文选·班固〈西都赋〉》："其阳则崇山隐天，幽林穹谷。"
③ 鬼火：磷火。迷信者以为是幽灵之火，故称。汉·王逸《九思·哀岁》："神光兮颎颎，鬼火兮荧荧。"
④ 象阵：谓列象骑为战阵。
⑤ 兵销：即"兵销革偃"。销毁兵器，放下甲盾。指太平无战事。前蜀·杜光庭《本命醮南斗词》："垂回凶度厄之慈，开辍死上生之路，使一境之兵销革偃，四时之雨顺风调。"

浅解：

此诗借招魂典故，反映 Atjih 民众剽悍好斗而造成的伤亡之史，如今天下已恢复太平，唯有当年残旧铜钟依然悬挂于此。饶公感叹人事更迭，岁月无情。

简译：宁无宋玉叙述招魂之由，山谷深林鬼火聚集其中。历经战火劫灰千百年后，残钟依然挂于黄昏之中。

遐陬①我亦识撑犁②，风过天低与草齐。
板屋秦风③洵足慕，衣冠尽在牛栏④西。

峇达山酋长古屋，犹保存完好。土人皆居干栏，与牛豕同处。东坡咏黎句："家在牛栏西复西。"撑犁，匈奴语，天也。

注释：

①遐陬：边远一隅。南朝·梁·沈约《宋书·谢灵运传》："内匡寰表，外清遐陬。"
②撑犁：《汉书·匈奴传上》："匈奴谓天为撑犁。"
③板屋秦风：《诗·秦风·小戎》："在其板屋，乱我心曲。"指以木板制成的屋子。
④牛栏：关牛的简陋房屋。宋·辛弃疾《鹧鸪天·游鹅湖，醉书酒家壁》词："闲意态，细生涯，牛栏西畔有桑麻。"

浅解：

峇达山酋长古屋保存完好，一想到此事，便如同《诗·秦风·小戎》叹道"乱我心曲"（此指兴奋），对历史文物保存至今感到欣慰。

简译：身处边远之地亦能识天，暖风吹拂天低与草同齐。秦风板屋实在令人羡慕，衣冠完好尽在牛栏西边。

细雨霏霏湿远丘，刀环①谁舞不刺头②。
菁林万古传欧冶③，顽铁居然绕指柔。

马欢《瀛涯胜览》，记满者伯夷国俗："插一两把短刀，名不刺头。"即马来语之 Beladau 刀也，土人因宝刀，时有浪漫故事。

注释：

①刀环：刀头上的环。
②不刺头：短刀名。明·费信《星槎胜览·爪哇国》："民俗好凶强，但生子

一岁则置刀于被,名曰'不刺头'。以金银象牙雕刻为鞘,凡男子自幼至老,贫富皆有,插于腰间。"

③欧冶:即欧冶子。春秋时著名铸剑工。《吕氏春秋·赞能》:"得十良剑,不若得一欧冶"。

浅解:

　　此诗意在吟咏马来土人之 Beladau 刀,当地土人使用不刺头刀,造就许多故事传说,成为当地民俗的一个亮点。

　　简译:霏霏细雨沾湿远近丘峦,谁挥舞不刺头上的刀环?世间万古传诵欧冶之名,顽铁居然成其手中玩物。

　　　　带雨层云困不飞,野禽见客蓦成围。
　　　　惊波休说公无渡①,寒鹊频呼我夜归。

注释:

①公无渡:公无渡河,公竟渡河!堕河而死,将奈公何!《公无渡河》又作《箜篌引》,最早见于东汉蔡邕的《琴操》,后在荀勖的《太乐歌》、孔衍的《琴操》中均有记载。相传古乐曲由汉朝乐浪郡艄公霍里子高的妻子丽玉所作。此诗后来常用于警告不纳谏的人。

浅解:

　　夜幕降临,雨水骤落,波涛凶险,饶公借丽玉诗中关于"白首狂夫"的渡河故事,体现自己执着追求理想不顾现实凶险的态度。

　　简译:层云带雨禽鸟困顿不飞,见到生客突然聚集成围。惊险之涛莫说《公无渡河》,寒鹊频叫劝我夜幕早归。

　　　　露枝尘染黜无光①,密雨时侵蝼蚁②墙。
　　　　椰汁剖来供一啜,芳洲③人自乐洪荒④。

　　　　　　　　　　　　　　(一九九三年于星洲)

注释：

①黯无光：黯然无光。
②蝼蚁：即蝼蛄和蚂蚁，比喻力量弱小、无足轻重的动物或人。
③芳洲：芳草丛生的小洲。《楚辞·九歌·湘君》："采芳洲兮杜若，将以遗兮下女。"
④洪荒：洪荒时代就是原始时代。

浅解：

此诗描绘了当地简陋的生活环境以及淳朴民风所带来的自然乐趣。

简译：灰尘覆盖枝头黯淡无光，细密雨点侵蚀孱弱之墙。剖开椰汁供人啜饮解渴，芳洲土人自娱自乐洪荒。一九九三年于星洲。

选堂诗词补遗

周南①先生远寄新诗，兼云在三亚日日海泳，健康大进，赋此报之

珠崖云日岁华新②，在远从知更日亲；
正合徜徉好风月，鸥波浩荡谁能驯③？

注释：

① 周南：原名庆琏、庆琮，山东曲阜人。中英关于香港问题谈判中方代表团团长与中葡关于澳门问题谈判中方代表团团长，有"诗人外交家"之誉。
② "珠崖"句：化用唐·杜甫《遣遇》："春水满南国，朱崖云日高。"
③ "鸥波"句：化用唐·杜甫《奉赠韦左丞丈二十二韵》："白鸥波浩荡，万里谁能驯？"投身于浩荡的烟波之间，谁还能拘束我呢？

浅解：

　　1997年，周南在香港回归前半月，发现胃部患恶性肿瘤，他对内对外严加保密，坚持完成香港顺利回归的各项工作，在参加香港回归庆典和香港特区政府成立大会后获准退休回京治病。是年下半年，他寄信给饶公，并附《养疴三亚》（见下文）这首诗含意深长：南天踏浪，牵挂着沙水风情，在港工作时的险恶风波都迎头顶过了，终于换来现在"涛声一味清"的境界。喜悦之情，跃然纸上。饶老即写此诗唱和，和诗同样寓意深沉，耐人寻味。香港回归一年，正是自由自在欣赏好风景的时候，祖国统一、发展进步的潮流浩浩荡荡，势不可挡。饶老在诗中对周南的关切之情，感人肺腑。

　　简译：珠崖云日岁华更替翻新，远方获悉近况倍感亲切。在这赏略好风好月之时，烟波浩浩荡荡势不可挡。

附：周南先生原诗

月前赴海南岛休养，日日下海游泳，体力有所恢复，曾有纪实一绝云。

镇日南天踏浪行，白沙碧水最关情；
风波险处迎头过，卧后涛声一味清。

纽西兰南岛杂诗

美福峡（Milford Sound）三首

水复山重海作门，嘉名第八满乾坤；
冰澌^①积瀑悬千仞，大匠书成屋漏痕^②。

V. kipling 称为世界第八奇景。

注释：

①冰澌：解冻时流动的冰。宋·苏辙《游城西集庆园》诗："冰澌片断水光浮，柳线和柔风力软。"
②屋漏痕：书法术语。比喻用笔如破屋壁间之雨水漏痕，其形凝重自然，故名。唐代陆羽《释怀素与颜真卿论草书》载：颜真卿与怀素论书法，怀素称："吾观夏云多奇峰，辄常效之，其痛快处，如飞鸟出林，惊蛇入草，又如壁坼之路，一一自然。"颜真卿谓："何如屋漏痕？"怀素起而握公手曰："得之矣！"又，南宋姜夔《续书谱》称："屋漏痕者，欲其无起止之迹。"

浅解：

位于新西兰南岛海岸的美福湾，为亿万年前冰河时期所成，全长22公里，并有悬崖峭壁、冰川瀑布、其气势磅礴、摄人心魄，是人生难得一见之景象，被誉为世界奇景之一。

简译： 山重水复以大海作峡口，世界第八嘉名享誉天地。冰水形成瀑布直下千仞，若大匠作屋漏痕之书。

沿洄^①巨壑雾迷离，叠巘^②后先出愈奇；
谢客^③能来应拊掌^④，惊淙^⑤扑面夕阳时。

注释：

①沿洄：顺流而下或逆流而上。唐·韦应物《初发扬子寄元校书》诗："世事波上舟，沿洄安得住。"

②叠巘：重叠的山峰。南朝·宋·谢灵运《晚出西射堂》诗："连障叠巘崿，青翠杳深沉。"

③谢客：原诗注，"谢客"指谢灵运，其"经湖中瞻眺"诗："俛视乔木杪，仰聆大壑灇。"灇与潨同。《诗·毛苌传》："潨，水会也。"

④拊掌：拍手，鼓掌。表示欢乐或愤激。《后汉书·方术传下·左慈》："因求铜盘贮水，以竹竿饵钓于盘中，须臾引一鲈鱼出，操大拊掌笑，会者皆惊。"

⑤惊淙：波浪声。

浅解：

此诗详写美福峡山水奇景，傍晚时分山峡雾气迷离，层峦叠嶂奇峻险怪，饶公感叹即使是"山水诗之祖"谢灵运来此也会为之震撼。

简译：巨大河流沿途雾气迷离，重叠山峰愈加奇峻险怪。谢公临此也会鼓掌称奇，惊涛扑面在这夕阳之下。

巫山云雨①已情牵，圆峤方壶②事渺然；
南极可逢北海若③，兹山只合住神仙。

注释：

①巫山云雨：语出战国·楚·宋玉《高唐赋》序："妾在巫山之阳，高丘之阻。旦为朝云，暮为行雨，朝朝暮暮，阳台之下。"楚国神话传说中巫山神女兴云降雨的事。

②圆峤方壶：传说东海有三座仙山，分别是指蓬莱、方壶、圆峤。各有其仙药，分别是蓬莱长寿菊，方壶忘忧草，圆峤桃花石。"方壶圆峤"：指中国道教两大炼丹秘籍，分别为明朝东派道士陆潜虚的《方壶别史》和西派道士李涵虚所作的《圆峤内篇》。

③海若：古代中国传说中东海的海神。《楚辞·远游》"使湘灵鼓瑟兮，令海

若舞冯夷。"

浅解：

此诗进一步描写美福峡之境，以"巫山云雨""圆峤方壶""海若"等中国神话之典，反映美福峡仙境般的景色。

简译：巫山云雨令人魂牵梦绕，圆峤方壶之事飘渺迷蒙；海若跨洋可巧逢南极之地，此山只合适神仙居住。

疑惑峡（Doubt Sound）

在美福峡以南，其 Halls Arm 山水尤著名，恨未能往游，先以诗咏之。

覆雨翻云海上风，是谁凿破此鸿蒙①；
犹疑神女挥神笔，描就迷宫堕雾中。

注释：

①鸿蒙：中国古代神话传说中的一个时代。传说在盘古在昆仑山开天辟地之前，世界是一团混沌的元气，这种自然的元气叫做鸿蒙。

浅解：

无法领略 Halls Arm 山水之景，饶公便作此诗弥补遗憾。自然界造就疑惑峡迷蒙之境，诗歌以神女挥笔凿破鸿蒙之喻，将当地之景鲜明地表现出来，贴切且中肯。

简译：翻云覆雨海上兴风作浪，是谁凿破开辟鸿蒙之地；疑那神女挥动手中神笔，迷雾之中绘成疑惑之宫。

题坎德伯利平原

莽莽高原日欲斜,平分地角与天涯;
众枝迓死成冰磴^①,如此河山哪是家?

纽西兰诗人 James K. Baster 有过 Haast Pass 警句云:For plant accept their deah like stones……Or the pure glacier blaze that melts……This earth was never ours。

注释:

①冰磴:冰川。

浅解:

坎德伯利平原,位于新西兰南岛东部。以19世纪的探险家、地质学家坎德伯利之名命名。平原上的农田拼接扩展,一直延伸到冰雪覆盖的南阿尔卑斯山,形成奇特壮观的天然之景。

简译:宽广高原太阳即将西下,恰好平分了地角与天涯;草木蔓延迎死变成冰川,如此奇怪河山是在何方?

Te—kapo 湖

一碧湛然①水浸天，诸峰天外复联绵；
天人合一②宜亲证，晚席还堪作昼眠③。

毛利语 te—kapo 为晚席之地。

注释：

①湛然：清澈的样子。晋·干宝《搜神记》卷二十："不数日，果大雨。见大石中裂开一井，其水湛然。"
②天人合一：物质与人以及物质之间是和谐统一的。"天人合一"的思想概念最早是由庄子阐述，后被汉代儒家思想家董仲舒发展为天人合一的哲学思想体系，并由此构建了中华传统文化的主体。
③昼眠：白昼睡眠；午睡。《南齐书·东昏侯本纪》："（帝）昼眠夜起如平常。"

浅解：

Te—kapo 湖是麦肯奇盆地北部自北向南流向的第二大湖泊，靠德雷河（Godley River）补给水源，它高于海平面 700 米，流域面积可达 83 平方千米。坐落于新西兰南岛的著名旅游城市基督城与皇后镇之间，位于库克山盆地与 Mac Kenzie 的心脏地带。美丽迷人的特卡波湖四周围绕着阳光笼罩的丛林和白皑皑的雪山。

简译：清澈碧绿之水映着天地，诸峰连绵接连着天尽头；天人合一适合亲自考证，晚席之地还可白昼安眠。

基督城 Avon 河

顿觉天南地脉殊,山如奔马树成图;
我来河畔知秋至,簇簇万花已载途①。

注释:

①载途:满路,有遍地的意思。《小雅·出车》:"昔我往矣,黍稷方华。今我来思,雨雪载途。王事多难,不遑启居。岂不怀归?畏此简书。"

浅解:

Avon 河位于基督城的市中心,河岸两旁绿草如茵,植满了白杨、梧桐、垂柳等绿荫,加上错落其间的花坛,饶公体会花木与当地人们的亲密关系,人与大自然与互相依存的情感,赋诗阐述万花之美。

简译:顿觉天南地北风景相异,山峰如同奔马树如图画;我来到此河畔知秋天来临,丛花盛开已经布满天地。

Hagley 公园

真令饥眼眩西东,古木千章①靡一同;
垂柳毶毶②松谡谡③,几曾赐爵效秦封④。

注释:

①千章:千株大树。《史记·货殖列传》:"水居千石鱼陂,山居千章之材。"
②毶毶:垂拂纷披貌。《诗·陈风·宛丘》:"值其鹭羽"。三国·吴·陆玑疏:"白鹭,大小如鸱,青脚高尺七八寸,尾如鹰尾,喙长三寸许,头上有毛十数枚,长尺余,毶毶然与众毛异。"
③谡谡:形容挺劲有力;挺拔。宋·苏轼《石氏画苑记》:"在稠人中,耳目谡谡然,专求其所好。"
④秦封:指秦始皇巡游各地时给予山川、物类的封号。

浅解:

哈格利公园(Hagley Park)位于新西兰基督城市中心西方,依靠美丽的雅芳河畔,占地面积达近二百公顷,为基督城区最大具规模的公园。公园内巨木参天,有宽阔的园林、池塘、喷泉,还有一年四季皆可欣赏的美丽花朵盛开景象,一大片新鲜自然的绿地,走在其中让人心旷神怡;中央处有利卡敦大道(Riccarton Ave),大道将公园分成南北两区,各具特色。

简译:美景令人炫目迷失东西,古树千株姿态没有相同。柳树垂拂松树挺拔林立,几曾赐予爵位效法秦皇。

女皇镇

华灯璀璨尽风情，不负崎岖万里行；
欲起坡公①同游赏，南溟亦有女王城。

黄州东十五里永安城俗称女王城，与 Queens Town 同名。

注释：

①坡公：即苏东坡。

浅解：

　　女皇镇被誉为新西兰的"探险之都"。当年苏东坡被贬黄州地区也有一座女王城，饶公奇思妙想欲邀坡翁一同游赏，意趣十足。
　　简译：灯光璀璨尽展当地风情，不负奔波万里来此一行；想要邀请东坡公同游赏，南方之地也有女王之城。

Mt. Cook 道中

豆花五色分外娇，游戏人间不惮遥①；
拂晓旅途重抖擞，西行何惧雪齐腰？

"豆花"指 Lupin 羽扇豆。

注释：

①惮遥：不忌讳逍遥。

浅解：

库克山国家公园建于1953年，与新西兰西区国家公园、亚斯派灵山国家公园及峡湾国家公园相邻。公园位于新西兰南岛中西部，从450公里长的西海岸向内陆延伸40～90公里。库克山国家公园是一个狭长的公园，公园长达64千米，最窄处只有20千米，占地70696公顷，冰河面积占40%，它南起阿瑟隘口，西接迈因岭，正处于南阿尔卑斯山景色最壮观秀丽的中段。此诗重点写羽扇豆花以及齐腰冰雪，诗歌蕴含饶公豁达的胸怀和积极向上的精神面貌。

简译： 羽扇豆花颜色分外娇艳，游戏人间毫不忌讳逍遥。拂晓振作精神重新上路，西行哪里怕那冰雪齐腰。

Kawaran 河沿途早期华人淘金遗址

峥嵘石壁俯江濆①，流水涓涓远近闻；
往日淘金烦讨论，先民遗迹至今存。

注释：

①江濆：江岸。亦指沿江一带。晋·陆云《答吴王上将顾处微》诗其四："于时翻飞，虎啸江濆。"

浅解：

Kawaran 河沿途赏略早期华人淘金的遗址，饶公以诗纪游，诗歌感叹当地山水之壮美，也缅怀先民淘金之壮举。

简译：石壁高峻突兀俯视江岸，水声涓涓远近皆可听闻；往日淘金之事引人讨论，先民遗址今日依旧留存。

雄心峰（Mount Aspiring）为南岛最高处，送夕阳至昧谷西尽头（Catches the last of the Sun），夸父追日犹未及此也。即为作图更题句

群山万壑走龙蛇①，夷夏三苗②自一家；
真宰安排渺一粟，此身真等恒河③沙。

注释：

①龙蛇：蜿蜒盘曲。
②夷夏三苗：夷夏，夷狄与华夏的并称。古代常以指中国境内的各族人民。
　三苗，中国传说中黄帝至尧舜禹时代的古族名，又叫"苗民""有苗"。
③恒河：Ganges River，印地语作 Ganga，是印度北部的大河，自远古以来一直是印度教徒的圣河。

浅解：

　　雄心峰（Mount Aspiring）为南岛最高处，送夕阳至昧谷西尽头（Catches the last of the Sun），这让饶公感叹夸父追日都无法达到此般境地，因此作画并赋诗歌。诗中众生皆平等，并无优劣之分，皆为天地之一粟，渺小细微。
　　简译：群山万壑之势蜿蜒盘曲，夷夏三苗本来就是一家。自然主宰安排不值一提，我身真如同恒河之沙尘。

又作

昔年曾到恒河头，漱石人人更枕流；
何似此邦无挂碍[①]，白云千载长悠悠[②]。

　　印度人终生唯一希望，能投身恒河一澡，可望解脱，其心仍有所挂碍也。纽西兰古波西尼亚人称之为 Te-Waka-a-Mari，指毛利人独木舟（canoe）；其棹歌者，则称之为 Aotearoa，义为 Land of the Long White Cloud，谓白云之乡。

注释：

①无挂碍：语本《心经》："心无挂碍，无挂碍故，无有恐怖，远离颠倒梦想"。后因以谓心中毫无牵挂。
②白云千载长悠悠：化用唐·崔颢《黄鹤楼》："白云千载空悠悠。"

浅解：

　　印度人投身恒河洗脱心中牵挂，但依旧无法解脱。新西兰古波西尼亚人生活在"白云之乡"，而能心无挂碍，令饶公感慨。

　　简译：当年曾抵达恒河之源头，洗漱河石更是洗涤人身。哪里能像此邦心无挂碍，白云千载之中悠然自得。

皇后城白杨(Aspen)宾馆信宿将去,悄然成咏

窗外三峰削不成①,万家灯火女皇京;
凄迷难了流连意,萧瑟顿增今古情。

注释:

①"窗外"句:化用唐·崔颢《行经华阴》:"岧峣太华俯咸京,天外三峰削不成。"

浅解:

即将离开皇后城,饶公意犹未尽,心绪繁杂难以排遣。
简译: 窗外三峰人工无法削成,万家灯火在此皇后之城;凄凉迷茫难了流连之意,萧瑟之景顿增古今之情。

静极①犹疑非世有,悲深谁得拯群生;
他年待约陶弘景②,重上灵山觅太清③。

注释:

①静极:等同"宁静致远""神清思远"。
②陶弘景:字通明(456—536),南朝梁时丹阳秣陵(今江苏南京)人,自号华阳隐居。著名的医药家、炼丹家、文学家,人称"山中宰相"。作品有《本草经注》《集金丹黄白方》《二牛图》《华阳陶隐居集》等。
③太清:"太清"最早见于《庄子》,是对关尹子"贵清"思想的继承。太清,天道;天空。见《庄子·外篇·天运》:"行之以礼义,建之以太清。"引申为天道,自然。

浅解:

此诗进一步深入阐述皇后城的静极之境,令饶公萌生隐逸之思,欲要陶

弘景，共同探讨自然之道。

简译：宁静之境疑非世间所有，谁能拯救众生悲深苦痛。等待他年再约上陶弘景，重上灵山寻觅自然之道。

白杨宾馆写所见景物率题

异城无须论主宾,寥天着一荆蛮民;
移来三两倪迂树①,荇藻②湖边作好春。

余作画每自署名曰:"今荆蛮民"。

注释:

①倪迂树:倪迂,倪瓒,别号荆蛮民,元末明初画家、诗人。倪迂树代指其画。
②荇藻:多年生草本植物,外观叶子略呈圆形,叶子浮在水面,根生在水底,花黄色,蒴果椭圆形。根茎可吃,全草可供药用或作饲料或作肥料。又名藻荇。

浅解:

辽阔的天空底下布满倪迂之树,荇藻罗列湖边展现春天之象,此诗描写饶公作画的过程与心境,并于诗意反映着恬淡的画意。

简译:异国之城无需区分主宾,辽阔天际着一介荆蛮民;临摹画成三两倪迂之树,荇藻铺设湖边作个好春。

赠赵大钝①兼题其诗集

澹泊陶家②不设门，萧然③江海赋停云④；
多君吟句如翻水，老我寻章⑤敢主文。

注释：

①赵大钝（1917—2016）：澳华文坛终身成就奖获得者，悉尼诗词协会顾问，全球汉诗总会澳洲分会顾问。
②陶家：指晋诗人陶潜。
③萧然：空寂；萧条。晋·陶潜《五柳先生传》："环堵萧然，不蔽风日。"
④停云：停止不动的云。晋·陶潜《停云》诗其一："霭霭停云，濛濛时雨。"因其自序称"停云，思亲友也"，故后世多用作思亲友之意。
⑤寻章：寻章摘句。此为自谦。

浅解：

此诗赠赵大钝兼题其诗集，对赵诗反映的淡泊思想高度评价，赞诗境能摄人心，如翻水浪；诗尾饶公自谦，谓己仗着年老，斗胆赋作此诗相赠。

简译：澹泊似陶家无需设门户，萧条江海赋诵不动之云；多得君卿吟句如翻水浪，老来寻章摘句敢做文章。

埜圃①能娱藜苋腹②，书坛会起鹳鹅军③；
相看明日又挥手，遥忆草玄④向夜分。

注释：

①埜圃：即"野圃"。野外的园圃。
②藜苋腹：指吃粗茶淡饭。藜，一年生草本植物，即"灰菜"，嫩叶可食。苋，一年生草本植物，茎叶可食。
③鹳鹅军：列阵的军队。宋·苏轼《会客有美堂周邠长官与数僧同论湖往北

山湖中闻堂上歌笑声，以诗见寄，因和二首，时周有服》诗其二："僧侣且陪香火社，诗坛欲敛鹅鹅军。"

④草玄：典出《汉书·扬雄传下》，指淡于势利，潜心著述。

浅解：

　　饮食简单，生活简朴，文人之趣在于书本，在于精神，不在于物质。饶公与赵老惺惺相惜，虽佳约甚短，但足以让彼此追忆一辈子。

　　简译：野外园圃足供粗茶淡饭，书坛列阵之军拔地而起。相见明日又得挥手作别，追忆深夜潜心著述之时。

客中挽赵少昂①

踯躅千层付日斜,东风燕麦怅天涯;
它时忍过婵嫣室②,愁绝赵昌四季花③。

  踯躅:山石榴也。

注释:

①赵少昂(1905—1998):字叔仪,广东番禺人。中国画家,擅花鸟,走兽。出版有《少昂近作集》《少昂画集》《实用绘画学》等。
②婵嫣室:赵少昂书法常吟此印。
③赵昌四季花:赵昌,生卒年不详(约公元11世纪),字昌之,北宋画家,广汉剑南(今四川剑阁之南)人。工书法、绘画,擅画花果,多作折枝花,兼工草虫。《四季花果》为其名画。

浅解:

  1987年秋,饶公与赵少昂首次合作《樱桃芭蕉》图,后于20世纪90年代常有艺术交流,友谊深厚,分别合作《松柏同春盎然生意》《春之舞》《葡萄竹架》等艺术绘画作品。此诗为挽诗,诗中用"斜""怅""忍""绝"反映饶公悲痛之情。

  简译:千层石榴伴随夕阳西下,东风拂麦惆怅直至天涯;它时忍悲访问婵嫣之室,极端忧愁能绝赵昌四季花。

钱塘江观潮

饱听潮声一刹那,乾坤滚滚此扬波;
春风仍有安澜①意,白浪如山脚下过。

注释:

①安澜:语出《文选·王褒〈四子讲德论〉》:"天下安澜,比屋可封",其中"安澜"一词,其本意为水波平静,现也常常被人们比喻为时世太平、祥和之兆。

浅解:

此诗写钱塘江潮水,观潮始于汉魏,盛于唐宋,历经2000余年,已成为当地的习俗。潮峰耸起三四米高,如山之势立于江面,真觉能使天地翻滚,饶公感慨并赋诗。

简译:饱听潮声响起的一刹那,天地滚滚只因波涛扬起。春风吹拂仍旧透着祥和,白浪如山高自脚下流过。

金陵流连，饱览宝物，最后得见《勘书图》，二苏兄弟、王晋卿题跋皆在焉，喜赋

砖镌①搔背溯南齐，挑耳还惊满宋题；
连日摩挲双至宝，墨缘长愿此幽栖②。

注释：

①砖镌：镶嵌砖镌刻的书法。
②幽栖：幽僻的栖止之处。唐·王昌龄《过华阴》诗："羁人感幽栖，窅映转奇绝。"

浅解：

《勘书图》卷（一名《挑耳图》），《勘书图》，绢本，设色，纵28.4厘米，横65.7厘米，现收藏于南京大学。据苏东坡于北宋元祐六年（1091）六月二日《跋南唐挑耳图》记载，此图先为著名画家王诜（晋卿）所有，王氏是宋英宗的女婿，家中有"宝绘堂"，收藏极富。王诜之后，此图转入朝奉大夫王定国手中。此期此图名曰《挑耳图》，后经宋徽宗赵佶御题命为《勘书图》。《勘书图》描绘文士勘书之暇挑耳自娱情景。此诗阐述饶公金陵一行窥得至宝的喜悦之情，诗意亦透着隐逸之思。

简译： 砖头镌刻搔背之图直追南齐，挑耳之事惊动全宋名家题字。连日不停摩挲端详眼前宝物，与墨交缘愿留此身栖息于此。

深圳关山月美术馆题壁

汉阳画童接荆关①,今古尽驱人笔端。
力健有余成宿构②,最宜妆点好江山③。

注释:

①"汉阳"句:关山月晚年将自己的名衔由"岭南关山月"改为"漠阳关山月"(漠阳指关老家乡的一条小河),因"漠"与"汉"的繁体字字形相似,故常被武汉人误认作"汉阳"。关山月觉得被武汉人惦记非常高兴,称自己虽不是武汉人,但视武汉为第二故乡,因为他在那生活过,那里也给了他很多创作教学、深入生活的机会。
②宿构:预先构思、草拟。《三国志·魏书·王粲传》:"(王粲)善属文,举笔便成,无所改定,时人常以为宿构"。
③江山:此语双关,即指祖国美好河山,又指关山月与国画大师傅抱石合作的不朽巨作《江山如此多娇》。

浅解:

饶公于深圳关山月美术馆题壁书,诗歌以"古今尽驱""力健有余""妆点好江山"等表现关山月画作的传承以及画意的精湛。

简译:汉阳画童心系荆关之地,古今传承尽显在其笔下。画作力健心中早有定数,最宜妆点祖国美好山河。

四季花　题画和查梅壑

玄宰①毫端若可呼，九天云水入模糊。
壶公②待约方壶起，缩地共成泼墨图。

注释：

①玄宰：即董其昌（1555—1636），字玄宰，号思白、香光居士，松江华亭（今上海闵行区马桥）人，明代书画家。
②壶公：董其昌收藏印钤"壶公"。

浅解：

此诗题董其昌画，兼和查梅壑〔查士标（1615—1698），字二瞻，号梅壑、懒老、梅壑散人，新安（今安徽休宁）人。〕董其昌山水师法董源、巨然、黄公望、倪瓒，笔墨疏简，格调秀远，书法出入晋唐，自成一格。诗歌表现董其昌泼墨画作气势之宏大，能使"九天云水入模糊"，能"缩地"将天地绘进其画，让人领略"华亭画派"杰出代表，兼有"颜骨赵姿"之美的董其昌画技。

简译：董玄宰笔端可呼之欲出，九天云水模糊（泼墨山水以意展现）入其画境。壶公约起方壶顺势而起（指其创作），缩天缩地绘成泼墨之图。

题巨幅墨荷

雨盖碧弥天，一望秋无际；
一叶一如来①，顿有西来意。

注释：

①一叶一如来：出自《华严经》，释迦摩尼在菩提树下悟道成佛之事。指顿悟。

浅解：

  细雨之下的荷叶彰显秋意，而使人心若无物，萌生一花一世界，一叶一如来之佛学妙理。
  简译：细雨零落碧荷漫天，一眼望去秋天无际；一叶而能顿悟成佛，顿时感觉极乐之意。

风月只娱人，且作花前醉；
画笔待平章①，人间总游戏。

注释：

①平章：平正彰明。《千字文》："坐朝问道，垂拱平章。"

浅解：

  此诗展现随遇而安、自由豪放的人生态度。亦是画家画笔下展现的一种自由状态。
  简译：风花雪月娱乐于人，姑且在这花前买醉；画笔等待平正章明，人间只是一场游戏。

《澄心画展》自题二首

已知不了可通神,悟到菩提只近邻;
画笔狂来如发弩^①,旧山万仞梦中亲。

张彦远论画忌谨细,曾谓"不患不了,而患于了;既知其了,又何必了。"李义山句云"狂来笔力如牛弩",以喻画更佳。

注释:

①画笔狂来如发弩:化用唐·李商隐《偶成转韵七十二句赠四同舍》:"横行阔视倚公怜,狂来笔力如牛弩。"牛弩是用牛的筋、角制成的一种强力弓。

浅解:

饶老引张彦远的画论及李商隐的诗句以喻画,可见他对传统的重视,也在传统画技的思考中能"悟到菩提只近邻"而推陈出新,"旧山万仞梦中亲"作画能信手拈来。

简译:已知不患不了可以通神,悟到菩提来源身边之事;画笔信手而来如同弩弓,旧时游历万山梦中亲近。

自画自书不合时,春风着物竞合姿;
飘然欲置青霄外,坐对苍茫自咏诗。

浅解:

饶公自谦,嘲讽自己的书画不入时流,只想飘然置身青霄云外,与春风竞姿,坐对苍茫,可从中领悟到他高尚的情操、逍遥的心境。

简译:自画自书如此不合时宜,春风接触万物如此和谐;飘然想要置身青霄之外,坐对苍茫天地自用诗书。

一九九九年八月廿二日（农历七月十二日）自郑州返港，遭飓风停泊长沙，滞留黄花机场二日，口占四首

无端五度到长沙，前路云山不见家；
未信骤风真作祟，初秋今夜宿黄花①。

卜辞称飓为大撤风。

注释：

①黄花：即黄花机场。

浅解：

因飓风而被迫滞留黄花机场，饶公无奈感慨，此次滞留长沙，加起来自己已经五次来到这里，只是这一次心境有些不同，飓风作祟，"前路云山不见家"，困顿而无奈。

简译：无缘无故第五次到长沙，前路云山阻挡无法回家；从未想过飓风真的作祟，秋夜滞留黄花机场。

花园才见卜"来艰"，信是人间行路难；
且占明朝归去也，满天风雨小楼寒。

在安阳参加甲骨学百年大会后至考古工作站看甲骨，"来艰"为卜辞习语。

浅解：

饶公刚刚参加甲骨学大会，看过"来艰"（有灾难降临）卜辞，没想到滞留长沙立马体验到行路之难，如今风雨大作机场寒冷，只期望占得一好卦希望明天雨停可以回家。诗歌逸趣横生。

简译：安阳才刚参观"来艰"卜辞，确信人间真的行路艰难；且占得一卦明天能归家，漫天风雨小楼透着寒意。

覆地翻天有死亡，传来恶耗太荒唐；
招魂①飓母惊伯有②，直把机场作道场。

注释：

①招魂：招死者之魂。《仪礼·士丧礼》："复者一人"。汉郑玄注："复者，有司招魂复魄也。"
②伯有：春秋时郑大夫良霄的字。他主持国政时，和贵族驷带发生争执，被杀于羊肆。传说他死后变为厉鬼作祟，郑人互相惊扰，以为"伯有至矣！"见《左传·襄公三十年》《左传·昭公七年》。后用以代称受屈或含冤而死的人。

浅解：

在机场听到飓风引起伤亡的消息，让饶公心里难受，惋惜遭遇不幸之人，愿把机场当作道场，为他们招魂。

简译：翻天覆地有人死去，传来恶耗太过荒唐；飓风让人无辜而死，直把机场变成道场。

阳错阴差是此行，山颠海沸阻归程；
百年祸福时相倚①，掷笔还须问贾生②。

注释：

①祸福时相倚：比喻坏事可以引出好的结果，好事也可以引出坏的结果。出处《老子》第五十八章："祸兮福之所倚，福兮祸之所伏。"
②贾生：即贾谊，又称贾太傅、贾长沙。洛阳（今河南洛阳市东）人。西汉初年政论家、文学家。所著文章五十八篇，刘向编为《新书》十卷，已散佚不全。明人辑有《贾长沙集》，今人辑有《贾谊集》。西汉·司马迁《史记·贾生列传》："贾生为长沙王太傅三年，有鸮飞入贾生舍，止于坐隅。楚人命鸮曰'服'。贾生既以适居长沙，长沙卑湿，自以为寿不得长，伤

悼之，乃为赋以自广。其辞曰：单阏之岁兮，四月孟夏，庚子日施兮，服集予舍，止于坐隅，貌甚闲暇。异物来集兮，私怪其故，发书占之兮，策言其度。曰'野鸟入处兮，主人将去'。请问于服兮：'予去何之？吉乎告我，凶言其菑。淹数之度兮，语予其期。'服乃叹息，举首奋翼，口不能言，请对以意。"感叹人生祸福，生死自有定数。

浅解：

遭遇飓风，饶公感慨安危相易，祸福相倚，生死轮回自有定数，皆无法用人力为之。

简译：阴差阳错是今日这一行，山颠倒海沸腾阻碍归程；百年之身祸福交替相倚，掷笔与否还须询问贾谊。

题张大千书札卷

笔阵①传芒角②，诗心③久郁陶④；
人夸四立壁⑤，世重九方皋⑥。

张髯每自言："富可敌国，贫无立锥。"观诸札，所言盖实录，非厄言也。

注释：

①笔阵：比喻书法。谓作书运笔如行阵。
②芒角：笔锋。
③诗心：作诗之心；诗人之心。宋·王令《庭草》诗："独有诗心在，时时一自哦。"
④郁陶：引申为凝聚貌。唐·杜甫《大雨》诗："上天回哀眷，朱夏云郁陶。"
⑤四立壁：《汉书·司马相如传上》："文君夜亡奔相如，相如与驰归成都，家徒四壁立。"宋·黄庭坚《寄黄几度》："持家但有四立壁，治病不蕲三折肱。"
⑥九方皋：春秋时相马家。一作九方湮。受伯乐推荐，为秦穆公相马三个月后，回报已得良马，而牝（母马）黄色，在沙邱。秦穆公使人往取，见是牡（公马）而骊（黑）色的，很不中意，于是责问伯乐。伯乐认为九方皋相马看重内在精华，不求表面，后经验视，果是千里良马。

浅解：

张大千书札运笔如行阵，如持风雷，皆是其常年勤练所至，而其生活清贫，才却如九方皋之辈，让饶公敬佩。

简译：笔如行阵透着锋芒，作诗之心长久郁陶，人人皆夸四壁之贫；世人重其如九方皋。

真挚归宏放①，滑稽出颖毫②；
从心不逾矩③，造化属吾曹④。

注释：

①宏放：宏伟旷达；开阔奔放。《晋书·阮籍传》："籍容貌瑰杰，志气宏放。"
②滑稽句：滑稽，机警善变。颖毫，笔端。
③逾矩：超越法度，出自《论语·为政》："子曰：吾十有五而志于学，三十而立，四十而不惑，五十而知天命，六十而耳顺，七十而从心所欲。不逾矩。"
④吾曹：犹我辈；我们。出自《韩非子·外储说右上》："吾曹何爱不为公？"

浅解：

　　张大千的精湛书艺归根其豁达的胸襟和灵巧多变的技法，能够从心所欲且不逾越传统笔法规矩，而能够自成一家。

　　简译：真挚归根旷达胸襟，灵巧多变出自笔端；随心所欲而不越矩，创造演化属于我辈。

赠茅家琦教授

日志勤苴补①，未辞擘绩劳；
群贤皆敛手，垂老尚焚膏②。
证伪航头传，稽疑③切玉刀；
平生工考史，兴味属我曹。

右诗奉赠茅家琦教授。平生史学三友，郭廷以、简又文与君，皆治太平天国史，君尤后起劲军，精审卓绝。曾自题句"了犹未了，以不了了之"。兹借张彦远语："不患不了，而患于了；既知其了，亦何必了。"更进一解，书以贻君，聊博一笑。

注释：

①苴补："补缀、缝补、填塞"的意思。又有成语"补苴罅漏"，见于韩愈《进学解》，意思是弥补、填塞裂缝和漏洞。
②焚膏：点上油灯，接续日光。形容勤奋地工作或读书。唐·韩愈《进学解》："焚膏油以继晷，恒兀兀以穷年。"
③稽疑：泛指考察疑事。

浅解：

茅家琦，(1927—)，江苏镇江人，国际知名历史学家，南京大学终生成就奖获得者。历任南大历史系教授、博士生导师、系主任、历史研究所所长、台湾研究所所长等职务。现任《中国思想家丛书》副主编兼终审组召集人、江苏省文史研究馆馆员。从20世纪50年代伊始，茅家琦就师从罗尔纲、陈恭禄等前辈史家研究太平天国史。20世纪80年代开始研究晚清及1949年以后台湾的历史。此诗饶公赠茅教授，夸其史学贡献，为后起劲军，精审卓绝，并于题识借张彦远语与友共勉。

简译：补苴罅漏更新日志，成绩劳苦密不可分；治史群贤皆已收手，垂暮之年勤奋依旧。证史之伪领航盛传，考察疑事玉刀细琢；平生善于考据历史，兴致趣味与我相投。

访宝镜湾岩画

夹道蕉林迓远人，参天可壁尚嶙峋；
长桥千里通南北，大地云山一片春。
归路烟波接混茫①，飞虹天际闪孤光；
千年岩画谁疏凿，又欲回车问夕阳。

千禧年五月四日

注释：

①混茫：混沌蒙昧，或指广大无边的境界。

浅解：

  镜湾遗址位于广东省珠海市金湾区南水镇高栏岛西南部的宝镜湾。包括遗址和摩崖石刻画。宝镜湾遗址面积10000余平方米，是一处沙丘连山岗遗址。1997—2000年，先后进行一次试掘和三次发掘，出土了大量新石器时代晚期至商周时期的陶器、石器、玉器、水晶器等遗物及居住遗迹。宝镜湾岩画中的人物现象，以大船为中心的密集神秘图案，对于研究南方沿海这一时期的祭祀活动、宗教信仰、图腾崇拜具有重要的参考意义。

  简译：夹道蕉林迎接远人，参天崖壁嶙峋依旧；千里长桥连通南北，天地云山一片春意。归路烟波接连混茫，飞虹天际闪耀孤光；千年岩画是谁疏凿，又想回去询问夕阳。

敦煌学百年盛会

老去弥知考信艰,重趼待问三危山①;
百年事业藏经洞,光焰长留天地间。

《穆天子传》:"重趼民之先,三苗氏之□处。"

注释:

①三危山:位于敦煌市东南25公里处,绵延60公里,主峰在莫高窟对面,三峰危峙,故名三危。

浅解:

饶公参加敦煌学百年盛会,赋作此诗,指出做学问考察真实之艰辛,敦煌藏经数量极其巨大、内容极为丰富的珍贵资料,是研究我国近两千年学术文化发展的宝贵文献,历史之积文终成后世之瑰宝,实为我国学术及世界学术之大幸。

简译:老去才知查考真实艰难,重趼之险待问三危之山;百年事业在此藏经之洞,光辉永远留在天地之间。

重到鸣沙山

北寺能容百丈佛，西关曾贡双头鸡；
情牵栏外千丝柳，不怕鸣沙没马蹄。

月支人入贡，见《拾遗记》。

浅解：

鸣沙又叫响沙、哨沙或音乐沙，它是一种奇特的却在世界上普遍存在的自然现象。此处指敦煌鸣沙山。

简译：北边寺庙能容百丈之佛，月支人曾经入贡双头鸡；意惹情牵栏外千丝柳树，不用担心鸣沙没马之蹄。

三清宫展读书鸿①先生遗作

石窟巍峨手泽②新,黄云千里莽无垠;
开图謦欬③如相接,忍向流沙忆故人。

注释:

①常书鸿(1904—1994):河北省头四佐人,别名廷芳,擅长油画,敦煌艺术研究。著有《九十春秋——敦煌五十年》。
②手泽:先人或前辈的遗墨、遗物。
③謦欬:咳嗽。亦借指谈笑,谈吐。《庄子·徐无鬼》:"夫逃空虚者,藜藿柱乎鼪鼬之迳,踉位其空,闻人足音跫然而喜矣,又况乎昆弟亲戚之謦欬其侧者乎!"

浅解:

此诗讲述三清宫展读书鸿先生遗作之过程,诗意体现对书鸿先生的尊敬和对其离世的追思。

简译:石窟巍峨先生遗作崭新,黄云千里辽阔一览无垠;打开作品清嗓协调动作,忍泪面向流沙追忆故人。

龙藏寺碑

书风遒劲变奇邪,下启欧虞合一家①;
结习由来关世变,毗尼觉道②自无涯。
孝仙别体事可稽③,校文亦复起然疑;
蚩尤行里犹堪见,执玉万方忆盛时。

注释:

① "下启"句:王虚舟谓此碑书法遒劲,开唐室之治,渐归于正。欧公谓有虞褚之体,实通时达变之言。
② 毗尼觉道:为碑中赞句。
③ "孝仙"句:造寺者王孝仙,即《周书》及《北史》之王杰子孝仙,说见沈涛《常山贞石志》。碑上缺字,王昶、陆增祥多未辨认。以上海书画社影印清初拓本勘之,页十四有云:"称臣妾者遍于十方,弗(异)蚩尤之乱;(执玉)帛者尽于万国,无陷防风之祸。""蚩尤"二字,清晰可辨。"帛"上宜补"执玉"二字,庶可通读。

浅解:

龙藏寺碑为隋开皇六年(586年)刻,楷书,30行,行12字,行50字。藏河北正定隆兴寺即大佛寺。无撰书人姓名。欧阳修《集古录》认为撰者即碑末署名的张公礼,龙藏寺碑不著出者姓名,碑上刻文,字面遒劲宽博,开唐楷之先声,为"六朝集成之碑"。关于此碑,文人曾无限赞叹,人们曾无数猜测,这就是龙藏寺碑的魅力。饶公认为原文宜补"执玉"二字,庶可通读。

简译:书风遒劲奇怪诡异,下启欧虞唐代书家;积久之习世变相关,毗尼觉道没有边际。孝仙别体其事可查,校对之文让人起疑;蚩尤文中清晰可辨,宜补"执玉"追忆盛时。

李思训碑①

蒲城尝欲觅旧碑，花木逢春动绮思；
自有兰亭风范在，且从欹侧出崟奇。
向来倾倒得吴兴，稍以纡徐见性灵；
哪比麓山追峭折，俗人学死愧未能。②

注释：

① 李思训碑：是碑在陕西蒲城县，其书影响赵孟頫至巨。
② "俗人"句：解缙谓："北海书如楼台映日，花木逢春。"效北海者，易流入佻巧，彼国自谓"似我者俗，学我者死"也。

浅解：

李思训碑公元720年立，为李邕撰文并书。铭文记述李思训生平事迹。李邕的笔力道劲舒放，给人以险峭爽朗的感觉。他反对机械地摹仿，提倡创新，曾说："似我者欲俗，学我者死。"饶公此诗亦点明其书风。

简译：蒲城尝试寻觅旧碑，花木逢春牵动文思；自有兰亭风范存在，且从欹侧别出新意。其书影响吴兴孟頫，稍加从容即见性灵；哪比岳麓山追险峭，俗人学死惭愧无能。

自题濠镜画展三首

岭外风流孰起予,玉堂雅聚惜须臾;
不于巧密伤情思,旷代坦推卫协①图。

平生与赵少昂合作画多逾五十,能与卫协比之。

注释:

①卫协:西晋著名画家,师法三国吴曹弗兴,擅绘神仙、佛像和人物故事,曾作大小《列女》《上林苑》《毛诗·北风》等图。

浅解:

饶公自题濠镜画展,谓平生与赵少昂合作之画繁多,能与卫协媲美,体现其对自身艺术创作的自信。

简译:岭外风流谁启发了自己,可惜玉堂雅集如此短暂;不做作于巧密影响情思,旷代能与卫协之画媲美。

耳剽心悟启幽襟,浓彦初成出重深;
苑柳栖梧如宿构,劲毫天付敌云林。

张彦远以重、深二字称许王维,颇道出南宗神趣。

浅解:

此诗描绘此次画展展出画作之风貌,能开启内心情感,风格重、深能颇有南宗神趣,胸有成竹,下笔如有天助,能与天地云林相比美。

简译:耳听心悟开启内心情感,笔墨凝重初成如同王维;庭院柳树梧桐预先构思,劲毫如有天意能敌云林。

> 也曾自署荆蛮民，出入群书若有神；
> 我谢东皇多指点，滔滔江汉独相亲。

余自署曰"今荆蛮民"，向于楚事探索最力，首提出"楚文化"一词，研讨战国楚帛画。

浅解：

饶公曾自署名"今荆蛮民"，1958年，他在德国汉堡发表了《楚辞与词曲音乐》一文，并将《楚辞》与《离骚》联系起来，提出了"楚文化"。撰写《楚辞地理考》，编撰《楚辞书录》，发表了《战国楚简笺证》，《长沙楚墓时占神物图卷考释》、《楚缯书十二月名核论》等论文。

简译：我曾自署名"今荆蛮民"，自此出入群书若有神助；我感谢东皇太一多指点，滔滔江汉唯独与我相亲。

题雪中嵩岳

荥河①温洛②尽尧封③,久阅沧桑有古松;
犹喜少林④能作健⑤,群山负雪已成翁。

注释:

①荥河:荥泽,形成于史前,《禹贡》所讲"荥波既潴",说的是黄河水沿古济水溢出后聚积为荥泽。
②温洛:古代传说,谓王者如有盛德,则洛水先温,故称"温洛"。南朝·梁·刘勰《文心雕龙·正纬》:"赞曰:荥河温洛,是孕图纬。"
③尧封:传说尧时命舜巡视天下,划为十二州,并在十二座大山上封土为坛,以作祭祀。《书·舜典》:"肇有十二州,封十有二山。"后因以"尧封"称中国的疆域,习惯上是"尧封舜壤"连用。
④少林:嵩山少林寺。
⑤作健:成为强者。谓奋发称雄。南朝·宋·刘义庆《世说新语·轻诋》:"殷顗、庚恒并是谢镇西(谢尚)外孙,殷少而率悟,庚每不推。尝俱诣谢公,谢公熟视殷曰:'阿巢(殷顗小字故似镇西。'于是庚下声语曰:'定何似?'谢公续复云:'巢颇似镇西。'庚复云:'颇似,足作健不?'"

浅解:

嵩山,古称"外方",夏商时称"崇高"、"崇山",西周时成称为"岳山",以嵩山为中央左岱(泰山)右华(华山),定嵩山为中岳,始称"中岳嵩山"。嵩山位于河南省西部,地处登封市西北面,西邻古都洛阳,东临郑州,属伏牛山系。此诗咏雪中嵩山,别有滋味。

简译:荥泽温洛贯穿华夏,历经沧桑唯有古松;犹喜少林依旧称雄,群山负雪如同老翁。

题东岳图

齐鲁青青欲际天，阴阳燮理①亦徒然；
筛云顶山群仙聚，画笔新来比巨然②。

注释：

①燮理阴阳：指调和、理顺阴阳，使之和谐平衡，各归其位，在用人上，要和谐，相得益彰。《尚书·周官》："立太师，太傅，太保。兹惟三公，论道经邦，燮理阴阳。"
②巨然：生卒年不详，五代画家，是著名画僧，钟陵（今江西南昌）人。早年在江宁（今南京）开元寺出家，南唐降宋后，随后主李煜来到开封，居开宝寺。擅山水，师法董源，专画江南山水，所画峰峦，山顶多作矾头，林麓间多卵石，并掩映以疏筠蔓草，置之细径危桥茅屋，得野逸清静之趣，深受文人喜爱。以长披麻皴画山石，笔墨秀润，为董源画风之嫡传，并称董巨，对元明清以至近代的山水画发展有极大影响。有《万壑松风图》、《秋山问道图》、《山居图》等传世。

浅解：

饶公题东岳泰山画作，"齐鲁青青"道出泰山之高，"阴阳燮理"指明其鬼斧神工，山巅云雾萦绕似有神仙会聚，画作之美不逊巨然。

简译：自齐至鲁青青直入云端，调和理顺阴阳亦是徒然；山巅云绕神仙会聚于此，画笔信手而来堪比巨然。

挽季羡林①先生　用杜甫长沙送李十一（衔）韵

遥睇②燕云十六州③，商量旧学几经秋。
榜加糖法④成专史，弥勒奇书释佉楼⑤。
史诗全译骇鲁迅⑥，释老渊源正魏收⑦。
南北齐名真忝窃⑧，乍闻乘化重悲忧⑨。

注释：

① 季羡林（1911－2009）：山东省临清人，字希逋，又字齐奘。国学大师，曾任北京大学副校长。著作汇编成《季羡林文集》（24卷）。

② 遥睇：遥望。

③ 燕云十六州：即今北京、天津全境，以及河北北部地区、山西北部地区。失岭北（王维诗中都护在燕然的燕然都护府）则必祸燕云，丢燕云则必祸中原。燕云十六州又称"幽蓟十六州"、"幽云十六州"，"燕云"一名最早见于《宋史·地理志》。

④ 榜加糖法：季老的巨著《糖史》。榜加即印度的庞加省，制糖术正是从印度传入中国的。《糖史》的写作始于1981年，最终完成于1998年，是季老用力最勤、篇幅最大的一部学术著作。全书共分三编：第一编为国内编；第二编为国际编；第三编为结束语，共计73万余字。

⑤ "弥勒"句：季老的名文《吐火罗文〈弥勒会见记〉译释》。佉楼：佉卢。佉卢文起源古代犍陀罗，流行年代为东汉末年，是通商语文和佛教语文。

⑥ "史诗"句：季老的翻译巨著《罗摩衍那》。《罗摩衍那》是印度两大古代史诗之一，2万余颂，译成汉语有9万余行，季老经过10年坚韧不拔的努力终于译毕，是我国翻译史上的空前盛事。当年鲁迅对印度两大史诗称颂有加，可惜一向无人能译。此句言季老的《罗摩衍那》史诗全译，足使同是翻译名家的鲁迅震惊。

⑦ "释老"句：季老的名文《浮屠与佛》。该文曰："中国同佛教最初发生关系，我们虽然不能确定究竟在什么时候，但一定很早。《魏书·释老志》：'及开西域，遣张骞使大夏。还传其旁有身毒国，一名天竺。始闻浮屠之教。'据汤先生的意思，这最后一句，是魏收臆测之辞。因为《后汉书·西域传》说：'至于佛道神化，兴自身毒；而二汉方志，莫有称焉，张骞

但著地多暑湿，乘象而战。'据我看，张骞大概没有闻浮屠之教。但在另一方面，我们仔细研究魏收处置史料的方法，我们就可以看出，只要原来史料里用'浮屠'，他就用'浮屠'；原来是'佛'，他也用'佛'；自叙则纯用'佛'。根据这原则，我们再看关于张骞那一段，就觉得里面还有问题。倘若是魏收臆测之辞，他不应该用'浮屠'两字，应该用'佛'。所以我们虽然不能知道他根据的是什么材料，但他一定有所本的。"辨正魏收《魏书·释老志》有关浮屠的说法，并最终得出："'浮屠'的来源是印度古代俗语，而'佛'的来源是吐火罗文"的结论。

⑧ "南北"句：唐·杜甫《长沙送李十一》原诗："李杜齐名真忝窃，朔云寒菊倍离忧。"盖学界有"南饶北季"之称。饶公尝戏称："什么南北齐名，只是老头子互相吹捧而已。""忝窃"意为谦言辱居其位或愧得其名，此指与季老齐名饶公自觉有愧，实是自谦之词。

⑨ "乍闻"句："乍闻"是突然听说之意。"乘化"语出晋·陶潜《归去来兮辞》："聊乘化以归尽。"此指逝世。"悲忧"语出《楚辞·九辩》："悲忧穷戚兮独处廓，有美一人兮心不绎。"意为哀伤忧虑。此句言突然听到季老逝世的消息，使饶公深为忧愁哀伤。

浅解：

　　2009年7月11日北京时间8点50分，当代著名学者季羡林先生在北京301医院病逝，享年98岁。同日，另一位学林巨擘任继愈先生也与世长辞。温家宝总理当天赶到医院送别季老后，马上让人打电话给香港的饶宗颐教授，请他节哀，保重身体。学界的泰斗，如今只有饶公硕果仅存了。饶公即日挥书"国丧二宝，哀痛曷极"，在《南方日报》发表，并作此七律以示哀悼。

　　简译：遥望燕云十六州北京地，论学切磋经过多少春秋。令榜加制糖术成为专史，《弥勒会见记》译释怯卢书。《罗摩衍那》全译使鲁迅震惊，《浮屠与佛》文为魏收正名。与季老能齐名自觉有愧，听到逝世消息令我哀愁。

谢为山①兄塑像　用杜诗第一首韵

为我塑幽姿，妙手臻灵境；
狮山兀相向，池月印微影。
胸宽象纬②进，心同壶冰冷；
留像对但丁③，前事堪重省。

注释：

①吴为山（1962— ）：江苏东台人，雕塑艺术家，中国美术馆馆长，教授。
②象纬：即天象。
③留像对但丁：饶公塑像立于香港中文大学内，与意大利政府所赠的但丁像面对面。

浅解：

　　由吴为山教授塑造的饶公像于2009年11月12日落成于香港中文大学图书馆，94岁的饶公亲自将名为《谢为山兄塑像杜诗第一首韵》诗歌写出的墨宝赠与吴为山，"为我塑幽姿，妙手臻灵境"是对吴为山塑像直接的褒扬，"留影对但丁，前事堪重省"乃指自己的塑像立于但丁雕塑的对面，1958年，饶公重游意大利时曾拜谒但丁墓，盛赞但丁为"大明比日月，智者固同语"。而今，他能与但丁雕像一起立于中文大学图书馆内，令饶公十分欣慰，他曾笑言："我可以与但丁对话了。"

　　简译：为我塑像展现幽姿，手艺精妙已至灵境；狮山兀立与我相对，池水明月交辉相应。心胸开阔星空入怀，心如玉壶冰冷沉静；留下塑像面对但丁，可与探讨逝去之事。

附：杜甫诗《游龙明奉先寺》

已从招提游，更宿招提境；
阴壑生虚籁，月林散清影。
天窥象纬逼，云卧衣裳冷；
欲觉闻晨钟，令人发深省。

步杜诗韵谢吴为山为铸铜像

留像杨堤外,仰视天开张;
丝路填文藻,金光动窟堂。
凉牖甘瓜美,危峰沙碛①长;
平生一知己,高谊永难忘。

注释:

①沙碛:出自唐 戴叔伦《屯田词》,指沙滩、沙洲,也可指沙漠。

浅解:

此诗进一步感谢吴为山为自己铸造铜像,对其情谊难以忘怀。
简译:留地塑像在杨堤外,仰视天际雄伟壮观;丝绸之路增添文采,金光闪耀石窟明堂。牖户清凉甘瓜美味,险峻山峰沙漠无垠;平生能够得此知己,情深谊长永生难忘。

附:杜甫诗《夜宴左氏庄》

林风纤月落,衣露静琴张;
暗水流花径,春星带草堂。
检书烧烛短,看剑引杯长;
诗罢闻吴咏,扁舟意不忘。

赠苗子①尊兄句

阅世信如史,同为百岁人;
旧文追远古,花样过藏真②。
山海流观遍,文章点染新;
重吟寒柳赋③,失笑更沾巾。

注释:

①黄苗子(1913—2012):广东中山人,是当代知名漫画家、书法家、作家。
②藏真:真藏,指历代真迹。
③寒柳赋:国学大师陈寅恪对"寒柳"情有独钟,饶公谓其为寒柳翁。论文集有《寒柳堂诗稿》,自撰家史有《寒柳堂记梦》。陈寅恪著《柳如是别传》,可惜未到过虞山。饶公撰有《吊柳蘼芜文》极受黄苗子赞赏。

浅解:

饶公赠诗黄公,以同样近百岁的人生阅历互勉,对黄公书画文赋无不出类拔翠的造诣非常钦佩,并对黄公推举自己《吊柳蘼芜文》非常欣喜,诗尾借"重吟寒柳赋,失笑更沾巾。"表达对知己的思念和相惜之情。

简译:经历世事信如正史,同样都是百岁老人;前代典籍追忆远古,绘画海量超过藏真。山川大河已经观遍,文章点染而能出新;重新吟诵寒柳翁赋,不禁笑泪沾湿手巾。

能事情深而辭藻不悖情花而鏡之原作花意人東之陰以花甚花不蕪竹門華情能花桃花閒情於桃東風牆枝任有門憶揀花年株為甚者

附录

図

表

《南山》诗与马鸣《佛所行赞》

诗至唐代，益极其变。或以文为诗，或以议论入诗。宋人多有非之者。叶梦得《石林诗话》云：

> 晋、魏以前诗，无过十韵。常使人以意逆志，初不以叙事倾倒为工。于杜公之诗，犹病其过于烦絮也。陈师道《后山居士诗话》："退之以文为诗，子瞻以诗为词，如教坊雷大使之舞，虽极天下之工，要非本色。"亦不以韩诗之浩瀚奥衍为然。昌黎五言诗，以《南山》一首为最长最奇，论者每取与老杜《北征》相拉并论。亦有病其冗蔓者。明蒋之翘云：

> （《南山》）连用"或"字五十余，既恐为赋若文者，亦无此法。极其铺张山形峻险，叠叠数百言，岂不能一两语道尽？试问《北征》有此蔓冗否？

实则退之乃以赋之法为诗。朱彝尊云："以赋为诗，铺张宏丽，然是才作。"言极中肯。惟此诗中间连用五十"或"字，光怪陆离，雄奇纵恣，为诗家独辟蚕丛。此法，《诗·小雅·北山》已开其端。"或燕燕居息""或尽瘁事国"，同叠用十二"或"字。而陆机《文赋》，于前后不同诸段之间，共用二十六个"或"字①。然《南山》诗"或"字乃于若干句连续使用，此种过度之夸饰铺张手法，似以佛书不无关系。佛经中连用或字之例颇多。开周时实叉难陀译之《华严经》，其卷十四《贤首品》及卷六十一《入法界品》并叠用"或"字，次数极多②昌黎是否讽诵《华严》，未可得知。然考《佛传》于释尊行迹，多事铺张。若马鸣（Aśvaghosa）之《佛赞》（Buddha-

---

① 此点 E. Von. Zach 译韩诗全集 *Han Yu's Poetische Werke Haard*，1952，13 页注中已指出。

② 《大正藏》一〇，74、330 页。

Carita)，尤为文学名著。唐世文士，疑多曾读其书。昌黎亦其中之一人也。

《佛传》译本颇多，举其要者，有：（1）北凉昙无谶所译，称《佛所行赞》①。（2）刘宋时法云所译者，称《佛本行经》②。（3）隋阇那崛多译者，称《佛本行集经》③。以后者卷帙最繁，且以《大事经》（Mahāvastu Avadāna）为主，多有增益。

凡此三种，汉文译本，体制各异：

（一）分二八品。自首至终，皆为五言句式，最为齐整。

（二）全三一品。数品之中，五言、四言、七言句式每杂用之。如第四、五、八诸品，全用四言，与前后体裁不一。

（三）分六十品。用散文体，间渗以五言、七言偈语，与一般佛经体制相同。

上列以昙无谶译本，特具文学意味，可谓一极长篇之五言叙事诗。其中连用"或"字之例，不止一见。《离欲品》④与《破魔品》⑤尤为特出。兹举《破魔品》与《南山》诗比较如次：

佛所行赞破魔品		南山诗	
或一身多头	或面各一目	或连若相从	或蹙若相斗
或复众多眼	或大腹长身	或妥若弭伏	或竦若惊雊
或羸瘦无腹	或长脚大膝	或散若瓦解	或赴若辐凑
或大脱肥胯	或长牙利爪	或翩若船游	或决若马骤
或无头目面	或两足多身	或背若相恶	或向若相佑
或大面傍面	或作灰土色	或乱若抽笋	或嵲若注灸
或似明星光	或身放烟火	或错若绘画	或缭若篆籀
或象耳负山	或被发裸身	或罗若星离	或蓊若云逗
或被服皮革	面色半赤白	或浮若波涛	或碎若锄耨
或著虎皮衣	或复着蛇皮	或如贲育伦	……
或腰带大铃	或萦发螺髻	或如帝王尊	……
或散发被身	或吸人精气	或如临食案	肴核纷饤饾

---

① 《大正藏》四，1页。
② 《大正藏》四，54页。
③ 《大正藏》三，655页。
④ 《大正藏》四，6页。
⑤ 《大正藏》四，25页。

或夺人生命	或超掷大呼	又如游九原	坟墓包椁柩
或奔走相逐	迭自相打害	或累若盆罂	或揭若甑桓
或空中旋转	或飞腾树间	或覆若曝鳖	或颓若寝兽
或呼叫吼唤	恶声震天地	或蜿若藏龙	或翼若搏鹫
如是诸恶类	围绕菩提树	或齐若友朋	或随若先后
或欲擘裂身	或复欲吞啖	或进若流落	或顾若宿留
……		若戾若仇雠	或密若婚媾
（《大正藏》四，25 页）		（以下尚有十八句用"或"字）	

是品描写魔军之异形，以叠句方法，连用"或"字至三十余次，乃恍然于昌黎《南山》诗用"或"字一段，殆由此脱胎而得。原本"或"字梵语为 Kācit，Kāscit，可以覆勘。至 Zach 德文本于"或"字则兼用 Bald 及 Oder 二字译出，尚未能一致。昌黎固不谙梵文，然彼因辟佛，对昙无谶所译之马鸣《佛所行赞》必曾经眼。一方面于思想上反对佛教，另一方面乃从佛书中吸收其修辞之技巧，用于诗篇，可谓间接受到马鸣之影响。印度大诗人 Kālidāsa 其诗句多因袭马鸣，所作 Raghuvaṃsa 中亦有叠用 Kācit 之例，与昌黎不谋而合。昌黎用"或"字竟至五十一次之多，比马鸣原作，变本加厉，才气之大，精彩旁魄，足以辟易万夫。陈寅恪《论韩愈》文中曾谓佛经文体乃混合"长行"（散文）与偈颂（诗体）而成。长行可谓以诗为文，而偈颂可谓以文为诗，取此以解释昌黎之以文为诗，颇受释典之启发。近日学者颇有非难之者，观于《南山》诗用"或"之与《佛所行赞》不无因袭之迹，亦可为陈先生之说提供新证。我人又试观阇那崛多之《佛本行集经》，于兹数句改用散文写出[1]，文字之美，不逮昙无谶远甚，然正是改诗为文之显例。《南山》诗之冗长，在五言诗中罕见畴匹。此种作法，似与昙无谶译马鸣《佛所行赞》之为五言长篇，在文体上不无关涉之处。疑昌黎作《南山》诗时，曾受此赞之暗示。

唐代中印文学之相互关系，自敦煌变文出见以后，引起多方面之讨论。然在古典诗中如《长恨歌》之与《目连变》为人所悉知外，若卢仝之《月蚀》诗，其铺张之处，似参用佛经中之描写地狱，以描写天上的魔鬼，为其夸饰之手法，此与《南山》诗之用"或"字乃仿自昙无谶之译文，同一涂辙。文学作品之取资释氏，亦文人技巧之一端。爰为提出，以为治文学史者

---

[1] 《大正藏》三，786 页。

进一解。友人清水茂教授湛深昌黎文学，以此奉质，乞有以教之。

　　1963年，本文作者由港大中文系接受哈佛燕京社资助，至印度考察。本篇即研究成果之一。特此致谢。作者附识。

　　　　　　　　（原载《中国文学报》第19册，京都大学，1963年）

宋代潮州之韩学

宋世崇尚韩文，一如诗家之尊杜，蔚为风气，柳开号"肩愈"，石介著《尊韩篇》，北方之儒重倡尊王攘夷之说，欧阳修因之作《本论》。宋世文章，实以韩愈为中心，姑名之曰"韩学"。以各地韩集之刻本论，有潮本、京本、蜀本、杭本、饶本、闽本等，至朱子之《考异》为一大总结。

潮州当地从事韩学最早，唐时充任潮州乡校之海阳人赵德，在李汉结集韩文之前，已编选韩公文，以教于乡，名曰《昌黎文录》。宋吕大防、朱熹皆据其本以入校。《考异》称："吕夏卿以为《明水赋》《通解》《崔虞部书》《河南同官记》皆见于赵德《文录》，计必德亲受于文公者，比他本最为可信；而李汉不以入集。"此《外集》之文见于赵德书者。《滂喜斋藏书记》载大观初，海阳刘允以韩庙香火钱刊《韩集》，即以京、浙、闽、蜀刊本及赵德旧本为据。元《三阳志》所载有大字《韩文公集》并《考异》一千二百板，中字《韩文公集》九百二十五板。此宋时潮本《韩集》之大略也。潮本久无传，陈振孙曾见之。若《与大颠三书》，《直斋书录解题》云："潮本《韩集》，不见有此书，使灵山旧有此刻，集时何不编入？可见此书妄也。"惟《东雅堂韩集注》引杭本注云："唐元和十四年刻石在潮阳灵山禅院，宋庆历丁亥江西袁陟世弼得此书疑之，因之滁州谒欧阳永叔览之曰：'实退之语。'"《考异》云：杭本不知何人所注，疑袁（陟）自书耳。

此三书东坡、放翁皆深辨之，放翁言："尝得此书石刻，语甚鄙，不足信也。"如放翁言，宋时确有石刻。按元和十四年即韩公贬潮之岁，据《袁州谢表》："其年十月二十四日准例量移袁州刺史。"彼与大颠留衣服为别，当是本年十月间事。若此三书刻石在元和十四年，必出颠师亲手。颠师风格高峻，纵有贻书，何劳泐石？观南唐保大间泉州《祖堂集》所记："侍郎令使往彼，三请皆不赴。"可以见之。疑三书之依托，即由三请而生。直斋所见潮本无此三书，彼疑灵山旧无此刻。然放翁明云"得此书石刻"，当出宋人所为。灵山禅院寺者，据海阳许申撰景祐元年十二月碑记云："天圣七年诏改以护国禅院为开善禅院。"袁陟得此书，正在天圣灵山禅院赐号后十八年。东坡谓有"一士人……又诬永叔"，殆即隐指袁氏。欧公《集古录》跋尾称："文公与颠师书……其后书'吏部侍郎潮州刺史'，则非也。……颠师遗记虽云'长庆中立'，盖并韩书，皆国安重刻，故谬为附益耳。"是杭本注所称"元和十四年刻石"，明为谬妄。欧公所记，"长庆中立"，然于称韩公官衔有误，颇纠其违矣，谓为国（宋）初重刻，则近是矣。

东雅堂本廖莹中注引《考异》谓《外集》中《与大颠书》"诸本皆无之，唯嘉佑小杭本有之"。顾嘉佑蜀本刘煜所录者，并无《与大颠三书》。则始以此三书入集，实肇于嘉佑之小杭本，正在袁氏之后。刘允于大观初刻《韩集》，所据诸本中有浙本，浙本即是杭本。考北宋时杭本有二：一为真宗大中祥符二年杭州明教寺刊本，时未有《外集》。一为仁宗嘉佑七年刊本，赵希弁《郡斋读书附志》言"以嘉佑壬寅所刊杭本是正"者也。小杭本当为后者，直斋云潮本无此三书，则所见之"潮本"必为刘允之大观本；而刘允所采之浙本，必为明教寺本而非小杭本可知矣。

方崧卿又注云："今（灵山）石刻乃元佑七年重立。"东坡为潮州守王涤撰《韩庙碑》，在元佑五年，元佑在嘉佑后近二十年，重立之事，潮州地志无考。廖莹中注云，"灵山石刻，张系所撰，其间载韩问大颠云西国一真之法，何不教人"云云。张系未详何人。前此袁陟所见，只刊三书，不及韩公与大颠问答之语。后来乃有所谓"韩愈别传"者，今《灵山正弘集》所误题为"大颠别传""孟简集"者也。考元《三阳志》碑刻一项内只有"韩文公像，方略刊"，及"《昌黎伯庙碑》，东坡撰并书"，并无灵山寺《与大颠三书》及问答、《别传》之石刻。康熙癸酉，本果撰之《正弘集》亦不记三书刻石之事。郭子章于万历十年知潮州府，著有《潮中杂纪》十卷，其书《艺文志》上记开元寺佛书，内有《大颠传》一书，又著录《心经注》，僧大颠注。考《正弘集》第一篇即为《潮州大颠祖师本传》，末题"大德五年辛丑住山比丘了性拜编"，郭青螺所见之大颠传或即此文，盖元时僧了性所撰。又《潮中杂纪》卷四有《韩公与大颠书及昌黎别传辨》一文，郭氏从朱子之说，信三书为真。而于《别传》则谓"诬公太甚，不可以不辨"。略云："夫以徐君平戏作之书，而今潮寺所刻者，诬为孟简，既诬作欧公跋，又诬作虞伯生（集）赞。而薛林桥序之首篇，亦无一语为韩公辨诬。是何视僧道高视退之过卑也！"是此《别传》果出于灵山石刻。洪兴祖《辨证》引吴源明语，直指为徐君平少时之戏作。宋四时志磐《佛祖统纪》亦引苏轼云："近世所传《退之别传》，深诋退之。……吾友吴源明云，徐君平见介甫不喜退之，故作此文耳。"志磐加以按语述云："至若《别传》之辞，诚为凡鄙，是不能逃东坡之鉴也。"志磐此书成于理宗宝祐戊午，《别传》之妄，禅门宗匠，亦斥其非，无劳饶舌。原文题作《退之别传》，许景衡《横塘集》卷十五《答义仲书》，及刘谧《三教平心论》下引，均作《退之别传》。见于明觉岸《释氏稽古略》元和十四年下则作《韩子外传》，如郭子章言，彼所见潮寺所刻，正诬为孟简作，与《正弘集》同，而《正弘集》复误题作《大颠别传》，自出僧人妄改。宜其见讥于《四库（提要）》也。薛侨为揭阳薛侃之弟，曾事阳明，于此竟无所辨正。此题孟简作之《别传》，石刻今已湮灭，侨为制《序》，似明时又曾有刊本也。

《与大颠三书》及《别传》皆出好事者所为，宋明人记之，明确有据，宋时潮阳灵山僧乃屡为刻石，未详其故。

宋人亦以退之与大颠往来事，作为绘画题材。南宋四川双流人邓椿著《画继》，在"铭心绝品"中列举其同乡广都宇文时中家，藏有《退之见大颠图》。据《式古堂书画汇考》，水丘览云为《昌黎见大颠图》。《杭州志》："水江南能画米家山，兼工写照。"即其人也。明教大师契嵩居武林灵隐寺，坐化于神宗熙宁五年，其《镡津集》中《非韩》共三十篇，已言及韩愈问大颠、三平击床事。水丘，杭州人，谅是所闻于契嵩者流，故图其事。契嵩与潮人屡有交往，《镡津集》中《送林野夫归潮阳序》，言及卢元伯，元伯即卢侗也。

《三阳志》所记石刻，有"韩有公像，方略刊"。方略，泉州人，建炎初知潮州。邵博《闻见后录》称："旧于浥城孔宁极家，见孔戣《私记》一篇，有云退之丰肥喜睡。……近潮阳刘方明摹唐本退之像来，信如戣之记。"孔戣与韩公交好，韩集中《论孔戣致仕状》《孔戣墓志》《海南神庙碑》皆涉及孔戣事迹。戣之所记必极可信。方明乃刘允之子昉，南宋官龙图阁学士，家在韩山后之东湖。方略所刊文公像，未知即出于昉所摹之唐本否？

韩公刺潮，为时仅八月，驱鳄鱼，置乡校，教化所至，潮人思之深，至名其山曰韩山，水曰韩江，手植木曰韩木。宋咸平二年四川陈尧佐为潮通判，有诗云："侍郎亭下草离离"。而其诗题曰《韩山》，则咸平时其山已姓韩矣。南宋初杨万里过潮诗句："亭前树木关何事，亦得天公赐姓韩。"海阳王大宝亦有《韩木赞》之作。木实橡木，郭子章于《韩山校士录序》考证至详。东坡为王涤撰《韩庙碑》，称其"来守是邦，凡所以养士治民者，一以昌黎为师"。嘉靖郭春震《潮志》，即假此数语为涤立传。其实不独王涤为然，历任州刺史、州倅，无不以韩公为师。韩以驱鳄名，宋人亦有《戮鳄》

之作。陈尧佐之作《戮鳄鱼文》，即其著例也。尧佐摹仿韩公，显而易见，即韩公本人之作，唐人有谓其多由前贤脱胎者。契嵩《镡津文集》卷十六引余知古《与欧阳生论文书》称其"作《原道》则崔豹《答牛享书》，作《讳辨》则张诏《论旧名》，作《毛颖传》则袁淑《大兰王九锡》，作《送穷文》则扬雄《逐贫赋》，作《论佛骨表》则刘昼《诤斋王疏》"。知古，唐文宗时人。检《全唐文》卷七百六十只收其《谢段公五色笔状》一篇。契嵩所引，可补其缺。《驱鳄》之作，有谓似相如《论巴蜀檄》，当另有所本。段成式《酉阳杂俎》亦有《送穷文》。叶梦得谓："《毛颖传》仿南朝俳谐文《驴九锡》《鸡九锡》而少变。"周密举姚熔作《喻白蚁文》即仿《驱鳄》。特出文章之作，往往出于夺胎换骨。若乎《谏迎佛骨表》，余知古谓其仿刘昼。邵博则谓乃广傅奕之言。余尝举晋世蔡谟亦辟佛，有文云："佛者，夷狄之俗，非经典之制。"即昌黎"佛者夷狄之一法"之所本。古今文人，互相摹仿，昌黎亦从此中锤炼得来，不足为奇也。

两宋莅潮官吏，蜀士及闽贤为多，于昌黎崇奉最力。庆元以后，莅潮诸仕宦，不少为朱子门人，如通判廖德明是。故朱学亦传播及于潮。潮刊大字《韩集》中，有朱子《考异》，朱子著述亦在潮镌板（为《中庸辑略》《朱子家礼》）。廖德明更以"遥碧"变名"拙窝"乞朱子书匾，并濂溪《拙赋》刻石，则又与理学结缘矣。元明以后，理学地位益隆，韩公在潮之地位遂与日月争光，此与仕宦理学关系尤为密切。余将于另文《宋代潮州名宦之尊韩与师韩》中详之。

综上而言，宋代潮州之韩学，可称述者，学有三端：一为潮本《韩集》之刊刻；二为名宦之尊韩，而多所兴建；三为大颠与韩公来往事，演为灵山问答。好事者假托《三书》及伪制《退之别传》，潮州禅门为之上石。第三点站在佛氏立场，意欲正韩与化韩，可谓韩学之反面。缁流之渲染，为韩学添重重公案。然契嵩之《非韩》不以佛拒儒，而以儒衡儒，持之以中道，其言曰："苟不以圣人中道而裁其善恶，正其取舍者，用庸人之私。"立论较为宽博。至于宗门所记，欲抑韩以自高，事涉矫诬，反为不智。《三书》及《别传》出于好事之妄作，对韩公与颠师实无所加损。灵山泐石，未久而已磨灭，传讹日滋，不能不为之刊正，非好辨也。

又记：欧阳修于庆历元年时为谏议大夫，慕韩愈之斥佛老，著《本论》三篇。四年，左迁滁州，明年，经庐山入东山圆通寺，谒祖印禅师居讷（师出蹇氏，梓州中江人），与之论道，折中儒佛，蜀沙门祖秀特记其事作《欧阳外传》，苏庠及张浚为序。文中大旨具见《佛祖统记》卷四十五，释氏辈以欧公之见祖印，比之韩公之见大颠。作《欧阳外传》者，为祖印之同乡僧祖秀（秀住潭州，得法于黄龙新禅师）。若《退之外传》则出于徐君平之手。东坡谓据其友吴源明之言，洪兴祖从之，说必可信。因知《韩子外传》，一如《欧阳外传》，出于宋人佞佛者之所为，自是一时风气。至韩公之《答孟简书》据志磐《统记》，兼载孟简复书，有"彼杨墨老氏之书，于理偏虚，非中道要切，释氏之教则不然，大明善恶之异路"一段，亦是重要文献。以《韩子外传》嫁名于孟简，洵属无知。元华亭念常作《佛祖历代通载》："于元和十四年，潮州刺史韩愈到郡……因祀神海上，登灵山遇禅师大颠。"以下问答，全录《外传》，一字不易。其识见远不如志磐矣。

志磐称："退之《与大颠三书》具存本集……谓之妄撰，恐成过论。"朱子正同此说，惟疑有脱误。郭子章云："明潮郡丞车份谓韩《答孟简书》云自山召至州郭，未尝言以书请之，则书为后人所托。潮阳林井丹又谓车太泥，可以造庐留衣，独不可以书遗之乎？海阳林东莆直指朱子之说，可以折衷欧阳、苏二家之论。"此为明时乡先辈之说。车份会稽人，弘治庚申以同知修《潮州志》五卷，时海阳盛端明为诸生与纂修事，车说或出盛氏之手。井丹为潮阳林大春，尝修《潮阳县志》，东莆即林大钦，有《东莆先生集》。诸家均未细辨潮本《韩集》何以不载此三书，亦未知陈振孙之论。其说可代表地方人士之意见，故附记之。

（原载《韩愈研究论文集》，广东人民出版社，1988年）